唯有書寫

——關於文學的小故事

朱嘉雯 著

數著星星說故事

——作者序

　　小時候，我和其他的孩子一樣，時常感到迷惑。對於不能理解的事物，心生徬徨。長大以後，在讀與寫的潮湧相繼推送下，逐漸接受了「迷惑」是使人晉升的助力，它永遠橫亙在我們追尋知識和智慧的通渠大道上，既要我們臣服於它，又指望我們勇於跨越它所設下的遮蔽。如今它依然與我十分親近，像老友一般，在我深夜閱讀時分、坐在電車上胡思亂想之際，不經意地和我迎面相逢。

　　若是在一個窗外烏雲密佈，耳畔有德布西的〈月光〉和雨水滴答交響的午後，「迷惑」就會滲透在涼意逼人的昏暗長廊裡，圍堵我的去路，要我回答人生最艱難的課題：美，是什麼？它從何處來？為何使人戀戀終身？

迷惑來臨的日子裡，我的內心平靜如止水，我彷彿看見一道輕盈的光束，在不遠的前方。我知道我將探索林林總總的修辭，以表述我對它的理解和嚮往之情。然而那束光，卻永恆靜止在彷彿伸手可及卻又遙遠似幻影的前方，象徵一種既親切又渺茫的希望。我們終將無法依賴語言或任何媒介觸及它，或使它展現全幅的真諦。於是我放棄了解決生命記憶中的困惑與迷惘，換上一副詩意的鏡片，卻更能欣賞它朦朧的輝煌。

　　漸漸地，閱讀、思考和寫作彼此如海藻般交互纏繞，包裹了我的生活，我順理成章地站上了一個瞭望人生歡喜悲哀的制高點，又因緣際會地獲得了數架捕捉無限意義的廣角鏡。猛一抬頭，發現自己早已仰臥在文學的曠野裡，眼前竟是一個美得令人無法置信的星空，那麼地讓人驚心動魄！又使人隨性自在。欣賞著滿天壯觀的繁星，數著星星說故事，每一個故事都是一位作家一生的迷惑。然而，經典的降臨，談何容易！托爾斯泰幾度易稿，終於寫出安娜・卡列尼娜婚戀生涯中，最深沉的悲劇、三島由紀夫放縱信念裡的魔力，刻畫著美得令人摒息，卻又難以留存於人間的金閣寺、米蘭・昆德拉暢所欲言，終將無由道盡生命中所不能承受之輕、波特萊爾、福樓拜、維克多・雨果、海明威、維吉尼亞・吳爾芙……，作家是不畏懼挑戰的人，他們面對書寫展現極大的熱情，於是奇蹟紛然呈現。多少作家披露了人性的陰暗、社會的現實和道德的淪喪，同時他們也因書寫，深深地體會到創作本身就是最大的福祉。

　　身為閱讀者，多少世紀以來，我們頻頻回眸蘇東坡和李清照、杜甫和王維、陶淵明和謝靈運……，從李商隱到曹雪芹，人生自是華麗的無緣的紅樓夢。而蘭陵笑笑生、施耐庵、羅貫中、吳承恩、金聖嘆……，他們的書寫，又豈止是一場夢？文學家因為對生命產

生迷惑,於是他們寫作,想在字裡行間另闢蹊徑。然而這多情的世界卻也因無數的迷惑,而更加顯得嬌媚與神秘!

　　也許迷惑始終就是迷惑;也許某些問題在和我們相遇之初,已即時呈現了答案。我們之所以仍然寧願迂迴前進、尋尋覓覓,恐怕還是因為,迂迴曲折本身散發著一種文學性的魅惑力。我們為了追求美的經驗,潛意識裡不願意快速直接抵達意義的終點。在尋幽訪勝的過程中,在深刻探勘人性底層面貌的書寫和閱讀經驗裡,無窮纏綿而壯麗的文學大鐘,撞醒了我們對迷惑的偏執,引發我們內在情韻和心弦上縣渺悠悠的共鳴。

　　深刻的文學意象牽動了思維中呼之欲出的感觸,強烈誘惑著我們扶著想像力無窮延伸的欄杆,沿著迷惑為我們所設下的臺階,拾級而上……。而生命在這樣的時刻裡,最美。

唯有書寫
關於文學的小故事

目次

給生命一個形式

回憶即是創造

和、敬、清、寂

人生的難題

命中注定的沙風暴

歡笑如夢

閑筆不閑

一個故事等於一個驚嘆號

不亦快哉

結構與解構

尾聲

愛，轉身才開始

真情流露的作家

總是從寫下第一個句子開始

追蹤往日的光影

愛，轉身才開始
——作家的每一個句子

　　法國電影「愛轉身才開始」以一首抒情小詩的風格，引人沉浸在愛情終將如流星般殞落的愁緒裡。世間男女由相識到相戀，愈是平暢流麗如鄉間明媚的風光，愈是突顯其後的猝然仳離，多麼令人嘆惋韶光易逝，好景不長。那美好的日子像流洩於指縫的清泉，任神力無從挽留。

　　而情愛生活裡的零星衝突，落在日後的記憶之海裡，也化成為盛著晶瑩珍珠的貝殼，徒增悵惘的是那曾經為情人所珍惜的珠淚。究竟在何時回憶開始洶湧流如潮？教我們於暮色蒼茫處，再次感受到滅頂的窒息，與沉淪的甜蜜滋味。

　　真情流露的作家，總是從寫下第一個句子開始他追蹤往日光影，譜寫愛情詩篇的記憶之旅。然而那個句子卻是得來不易，他必須走過許多城市、認識許多人，同時經歷許多事件。他的眼睛逐漸明白鳥兒是如何地飛翔，花朵又是如何在晨光中綻放，生命中有許多不期然的偶遇和預先告知的離去，還有那晦澀的童年、海邊的早晨，以及無數次星辰下的飛行……。這些都是涵詠出每一個句子的遠洋與大海。

　　然而，知道如何寫還不夠。作家還必須擁有許多夜愛的回憶，其中包含了面對死亡的迫近。其實，擁有回憶還不夠。作家需得忘

掉那繁多的回憶，等到有一天，它們內化成為生命的一部份，自然
流淌出來的時候⋯⋯，作家，於是成形。

歷久不衰的「歡樂」

——玫瑰傳奇

　　據說世上最昂貴的香水稱為「歡樂」（Joy）。她含藏了茉莉與豐沛的玫瑰，凝聚成濃烈的氣息，浸潤著世人的感官，人們受到引誘、折磨，而陷入陶醉。又據說最受喜愛的玫瑰品種是「和平」，她在柏林陷城的那一天被命名，然而即使在平時，她已具有絕美的黃昏色調，隨著燦爛的陽光而釋放渾身的鮮艷。到了向晚時分，又似洗盡鉛華，而逐漸退回到淺淡柔和的透光質地。於是她的容顏傳奇地記錄了一天光影的變化，彷彿她也有情緒的鬱結和宣洩，在每天的溼度與光線中透露心思。

　　在大馬士革與波斯，傳統的習俗是將玫瑰蓓蕾封入罐中埋進花園，只待特殊節慶再掘出以作為烹飪的素材。而玫瑰上桌後，竟在餐盤中以戲劇化的姿態依次綻放，彷彿封閉多時的心靈，再度開啟了青春的活力。飲宴本身亦如同生命的過程，在花開花落之間，主客們逐漸地開放胸懷，彼此接納而邁向盡情歡笑的高峰。當人人酒足飯飽之餘，也有曲終人散的那一刻，彷彿花朵開盡了春顏，生命又歸於寧靜，一切仍舊回到了源頭。

　　在童話故事《美女與野獸》裡，所有的災難來自一朵玫瑰，她是女主角慾望的化身，在各種奇珍異寶中，貝兒（Belle）唯一渴望

的是那朵香氣濃郁、色澤甜美耀眼的愛情珍朵，隨著裙瓣的層層綻
放，彷彿引人跳起了輝煌的愛情圓舞曲。

有了這個，誰還愛上天堂？

——「深紅」的意象

　　克麗絲汀坐在歌劇院的後台，玫瑰花坊般的休息室仍迴盪著「Think of Me」的動人旋律。鏡中突然出現了魅影！他伸出手來，送上一朵繫著黑色緞帶的深紅玫瑰。是渴望？還是毀滅？克莉絲汀以為去世的父親派來了天使，然而歌劇院裡的魅影，早已嘗盡了人世的辛酸與愛情的孤獨，地底的憂傷國度是他復仇的基地，也是世間戀人憔悴的心境。魅影見不到光，世人得不到愛，看戲的人與劇中腳色，雙雙沉淪……。

　　時光荏苒，玫瑰也彷彿經歷了輪迴，古老的地方總是交錯著不同的時空，而不同的時空也總在相互激盪。走出十九世紀法國陰翳的歌劇院，二十世紀末的義大利托斯卡尼，太陽，就是人們思慕的對象，它使每一座花園都盛開著玫瑰。美國作家芙蘭西絲‧梅耶斯在艷陽下開出一條玫瑰步道，沿途出現如芭蕾舞短裙般的粉紅花瓣，時而散發令人驚豔的檸檬香，那一整排的乳白、桃黃與嫣紅，帶來了一波波歡樂的氣息，就是使人忍不住想要深呼吸。

　　然而她的記憶深處也只有一種深紅玫瑰，也是幻想中父親身旁的天使。她記得父親生前於庭園遍植深紅玫瑰，每天在家中的大花瓶裡、水晶碗裡，以及一大叢報紙卷中盛開。記憶是永不凋零

的花，當朵朵嬌紅幻化成父親爽朗的串串笑語時，記得他總是說：
「有了這個，誰還愛上天堂？」

日落與楓紅

——觀景窗外的視覺鴉片

「每天下午在同一時刻返家，為的就是要從客廳裡的巨大觀景窗，欣賞落日下的樹林公園。」《感官之旅》的作者黛安‧艾克曼聲稱自己為了捕捉公園的四季變化，負擔起高額的公寓租金。這不僅是財務的花費，而且是太奢華的人生經驗。作家在向晚的觀景窗前，吸取一天中最美的視覺鴉片：「日落掀起了紫色蒲葦草的羽毛，使紫紅衝上了粉紅的天空，透過層層的孔雀綠，加深成為印度藍，直到天空變黑，雲朵又攪拌其間，彷彿雪花石膏做成的娃娃⋯⋯。」

杏黃落日與跨騎在地平線上的凝紫雲霞，逐漸被拉散成豔紅碎瓣，陽光曾以金黃詔書統治大地，卻在日暮時分傳位給墨闇中的月色銀輝。這世界上最幸福的人是感官的守財奴。當我們看見了週遭的自然底色，像是由仲夏的螢光綠轉為晚冬的南瓜黃，並以文字形容那海平面的夕照近似珍珠紅，而颱風天街角的天空有著異樣的橙藍，然後試圖分析各種樹皮的棕色度⋯⋯，我們早已乘著修辭的羽翼，載滿視覺意象飛往文學國度。

也許「色彩並不是發生在世界，而在你我的心裡。」接受了作者的話，也就同時解釋了我們在燦爛的夏日一過，便興起驅車追逐灼熱楓紅的欲望。儘管人們在秋葉墜落的景象中預見了死亡的淒涼，卻仍不免一步步地陷入這充滿虛構性的美麗幻影深處。

輕悄的雨，在林木間低語

——當詩人讚美鄉村

　　二十世紀初德國作家赫曼・赫塞，在阿爾卑斯山南邊的丘陵下，與可愛的村莊相遇了。「感覺像是從放逐中重返家園。」記得那時太陽照耀山頂，紅光特別濃深。

　　村裡的栗樹、葡萄、甜杏與無花果隨風生長，農民製作的每一種東西都是美。通往葡萄園的臺階，隨處可見的苗圃與支架，一切看來既不舊也不新，卻剛好像是田野、樹木與青苔的親兄弟。對於詩人來說，這裡「到處都有引起共鳴的美感和快樂圍繞在身邊。」

　　世人多煩憂，生活纏擾著苦難的蛛絲，教人吃力地掙扎在無數生存的理由中。只有偶然寧靜的片刻，因藍鐘花在風中顫動，因為新的春天正發出綠的歌唱，隨興即湊成了一首詩。人們找回了最初的單純無憂。「生存用不著維護，思想變成一種遊戲。如果還有些渴望，那便是：我想再有一對眼睛，再有一個肺，再加長一點——那伸在草地上的腿。」

　　最好變成一個巨人，躺下來把頭枕在阿爾卑斯山的積雪上，讓山谷的野玫瑰開遍髮間。詩人關心的只是這世界上有一株櫻草正在開花，輕悄的雨絲經過白楊樹下，彷彿微語。「我的眼睛與天空之

間，唯有暗金色的蜜蜂盤旋。」或許，偶爾飛來翩翩舞動的豔黃蝴蝶，印在澄藍的天空，像片片飄落的美夢。

　　光線與色彩爭相追逐，而那些嘻笑的迴響，將浮沉在愛的浪花裡。

世界越來越美麗
——詩人與畫家的悠遊之歌

　　「這世界有一種使我們一再驚奇而且感到幸福的可能性。」二十世紀初，德國作家赫曼‧赫塞，以跨越國界的悠遊人生，嘗試去愛那些看來難以取得入室門徑的事物：「在最遼遠，最陌生的地方，發現一個家鄉。」

　　當人們學會用心靈作為眼睛來觀看世界，用全身來微笑，讓憧憬不再是披著薄紗的遠方的夢。我們於是面對了自己的孤獨，同時也更滿足於眼前的一切。那時，我們對於青春時代的記憶，對於新的故事的渴望，便像遙遠山谷傳來的鐘聲，一齊被風吹到令人陶醉的心靈花園與湖邊。我們將渴望成熟，也準備好死去，而當下的每一刻都比以往更細緻更寧靜更敏銳更凝鍊更充實更感謝……。

　　於是世界變得越來越美麗。

　　「我要在心內在口中在腳下，在我的欲望和苦難裡，感覺生命的顫慄，我要使自己的靈魂成為流動的東西，能夠復原到千百種型態。」夢想自己成為詩人和漫遊者，一位美食者，一個有點粗野的神學家，或是一位真正的牧師。

　　於是生活變得越來越美麗。像白天是處在清晨與黃昏之間，生活也陷入旅遊與懷鄉的縫裡。也許有一天，我們真的會走得很遠，遠到漫遊與靈魂成為一體。屆時生活沒有了中心，我們只是為了藍

空中那朵豔黃的蝴蝶和淡淡的雲，或許還有收集了一個夏天的玫瑰花香的風，而一享貪歡。

在世界的彼端

——詩人的華麗與素樸

　　我們永遠無法知曉，生命中的曙光何時降臨。於是悄悄地打開了每一扇門，在陰沉的暗影裡，想像當黎明的第一道光線進駐眼瞳，那會是輕柔如一片鳥羽的溫存，或是以萬馬奔騰的氣勢，挾帶著滔天巨浪，迎面將我們的靈魂湧向世界的高峰。

Not knowing when the Dawn will come,

I open every Door,

Or has it Feathers, like a Bird,

Or Billows, like a Shore——

　　十九世紀中，美國女詩人艾蜜莉・迪金森（Emily Dickinson），多麼幽默慧點的女子！卻在三十歲以後，將自己的一生都關在門後。足不出戶二十年，彷彿一段漫長的睡眠。可曾見過這樣賴床的人？躺在堆疊的石頭上，曬著數世紀的太陽，卻連今天的正午也不瞧上一眼？

　　直到她真正長眠了，世人才覺醒，原來她留下了一千七百多首詩。原來眼前的世界不是一切，還有一種世界只在遙遠如天邊。那是個日光甜美的地方，太陽升起如飛射的彩帶，教堂尖頂泅泳在

幻紫的水晶裡，松鼠奔跑，鳥兒鳴唱……。詩人如此地眷戀門後奔放的文學天堂，留連在一個無名小卒的夢裡。真的，作個名人太無聊，生活無需張揚，就讓眼下的時鐘停擺。儘管鐘面上雪冷的表情寫著靜漠與無動於衷。金亮的指針不再搖頭，而細長的光輝卻指向了她的生命與俗世存在著數十倍傲慢的距離。

　　終於她向現實道了一生「晚安」！然後放任自己無止盡的掉落，直到碰上了另一個世界……。

當我們重新感覺生活

藝術 的原創性

　　來自 作家的脫離常軌

　　　　重新發現 已知的事物

當我們重新感覺生活
——「陌生化」的藝術

　　「陌生化」（defamiliarization）一詞，是俄國形式主義學者什克洛夫斯基（Victor Shklovsky）在一九一七年提出的文學批評用語。他認為藝術的原創性來自作家的脫離常軌，以新穎脫俗的表達方式，帶領讀者重新發現原本已經知道的事物。

　　當我們再度閱讀《簡愛》的作者夏綠蒂‧勃朗特（Charlotte Bronte）的作品時，就會興起這樣的感受，尤其是她人生的最後一部小說《維萊特》（*Villette*）。那感覺好像家裡突然點亮了一盞奇異的燈，使原本習以為常的空間幻化出鮮活透亮的神祕光采。

　　這位十九世紀的英國女作家塑造了一位與眾不同的女性──露西，而露西正在凝視另一位女子，那是名畫裡的裸女。露西不解，這慵懶而肉感的畫中人，四周永遠堆積著無數迴繞的布疋，卻終究遮掩不了多少肉體，她與現實環境中的女性生活型態，究竟產生了多大的距離？作家以此經典畫面來呈現她對於藝術與性別政治的看法。同時也點醒了讀者，生活中的「習慣」正逐日地吞噬著我們的美學鑑賞力，只有當人們可以重新感覺生活時，藝術才存在。

書寫之樂

——珍・奧斯汀的幽默與反諷

　　英國作家珍・奧斯汀在《傲慢與偏見》裡，透過女主角依麗莎白說道：「我希望自己不去嘲弄行事聰明和品行良好的人，但是行為愚蠢、言語荒謬、思想混亂又自相矛盾的人，我承認他們確實讓我開心，可能的話，我就會好好地嘲笑一番。」

　　書中起始便描述道，班納特太太正盤算將五個女兒中的哪一個推銷給新搬來的黃金單身漢——賓萊。她慫恿丈夫去拜訪這位新鄰居，班納特先生卻說：「沒這個必要吧。妳帶女兒們去就行了，要不，妳讓她們自己去也行，這樣或許更好些。因為女兒們都比不上妳貌美俏麗，妳去了，賓萊先生說不定會看上妳呢！」一心要嫁女兒的母親急得抱怨道：「你怎麼能這樣嫌棄自己的女兒呢？你總是故意開玩笑氣我，一點也不體恤我的神經衰弱。」班納特先生隨即反應：「親愛的，妳錯怪我了，我非常關心妳的神經，它們是我的老朋友了，這二十多年來，我一直聽妳談起它們啊！」

　　珍・奧斯汀是英國文學史上重要的女性小說家，歷來被比喻為散文界的莎士比亞。她的語言風格幽默雋永，刻畫人物往往以對白達到委婉暗諷的效果。在家庭瑣事和生活言談等微觀角度中，展現人性的弱點、矛盾與衝突。兩百年前英國鄉村仕紳家庭裡愚騃的婚姻觀，就這樣以喜劇反諷的對話，形象生動地呈現在我們眼前。

就是不來電

——閱讀者的傲慢

「達西先生拿出一本書來，賓萊小姐也跟著做……她一邊觀察達西先生，注意他看了多少，一邊又看自己的書，她在這兩方面的注意力，可說是平分秋色。」「她一會兒問個什麼問題，一會兒又看看他的頁碼，然而卻始終無法引誘他談話。他只是敷衍一下她的問題，然後又繼續看書。」

十八世紀英國田園女作家珍・奧斯汀的《傲慢與偏見》，是許多人熟悉的文學作品。書中描寫當時鄉村仕紳的應酬場面，毫釐不爽，同時往往以英式幽默，達到妙趣橫生的境地，令人想見作者發現笑點時，精神抖擻的伶俐模樣。小說家設計了一個晚餐後客廳裡人們的閱讀場景，藉以嘲諷賓萊小姐的自作多情。賓萊小姐精心選看的那本書，正是達西手中的第二冊。原本想從書本裡找到一點樂趣的賓萊小姐，最後只落得精疲力盡。終於她打了一個大呵欠，說：「用這種方式度過一個晚上，真是愉快啊！」

作家在兩種閱讀姿態之間，顯露這對男女的心理，一位目光凝聚，看似專注；另一位卻在肢體語言中透露了她的迷失。

所謂流言
——查泰萊爵士的「海底叢林說」

　　生活中的各種流言，如同山中煙雲，吸引我們的官能在半夢半醒間潛入意識矇昧的幽谷。人們像墜入水晶般透明的牢籠，頑固地深埋著那些連自己都要隱瞞的事實。塵事的紛擾與情愛掙扎，正反映了我們拘禁在真相之外的處境。

　　人人都在編織對自己有利的故事，對別人也對自己訴說。於是我們永遠看不清真相，就像將感官掩藏在靜寂的深海。如果我們以這個問題請教文學史上一位虛擬的小說家——查泰萊夫人的丈夫——克里夫·查泰萊爵士。他會以極生動的比擬，描摹這世間的蜚短流長：「我真的感覺到這世界，在我眼前見到的只是事務的表面，其實它深奧如海底。我們都是奇特的海底動物，像蝦子一樣吃碎屑維生。只在偶然間，靈魂會喘咻咻地穿越這深不見底的地方，浮上新鮮空氣的表層。」

　　「世人滔滔不絕，像癡癡呆呆游動的魚，呼吸間就把鰓裡的閒話吐來吐去，好像那是生命中不可或缺的氧。」而新聞事件總像滾雪球似的，使我們在社會上，在整座城市裡，感覺自己直往下沉，沉到最底層與妖魔般的白色海草共舞為止。查泰人夫人的「情人」誠然存在，然而面對整起事件，仍是查泰萊爵士的一段話，發人深

省：「等我從閒言閒語的水流中脫身而出，慢慢再浮上水面時，我總是望著日色，懷疑事情該是怎樣的。」

輕輕地觸摸

——文學與觸感

美國普渡大學圖書館員曾做過一項潛意識的觸摸實驗。她以不經意的方式，輕輕觸摸前來歸還書籍者的手，然後在館外請他們填寫問卷。結果大部分人都覺得館員是微笑的，而且對圖書館的服務以及當天的生活感到滿意得多。

此外，密西西比州餐廳的女侍也做過類似的舉動，於是她得到了較高額的小費！就連波士頓專業研究員所做的實驗，也顯示遺失錢財的人，如果輕觸對方，即使輕得令人毫無察覺，也能大幅提高金錢的歸還率。難怪D. H. 勞倫斯在《查泰萊夫人的情人》裡，特別著墨夫妻、情人之間觸摸的重要。女主角康妮的悲傷，來自丈夫只有情話，而毫無膚觸。

「康妮有時真覺得她會死在這種時候。她感到自己要被那些謊言、愚蠢和殘酷壓垮了。」儘管生活中許多方面，讓妻子對丈夫佩服萬分，然而「他倆之間什麼都沒有，如今她根本碰都不碰他一下，他也不碰她。他從來不親膩地握握她的手。沒有。就因為他們絲毫沒有接觸，他一番癡愚的表白才這樣折磨她。她根本沒有能力對付那種殘酷……。」

長久以來，手，是心靈流域的小舟，當我們互執對方的手，小舟駛進了溫暖的港灣，為猜疑的戀人拉進了距離；為勞苦奔波的

夫妻拋定了停駐彼此心底的錨。德國詩人里爾克因而稱它是遙遠之
處，匯聚生命之源的三角洲！

時時刻刻
——「意識流」的自由間接形式

多麼好玩！多麼舒暢！

這黎明的空氣，像輕拍的浪。

浪之吻，對當時還是十八歲的她來說，就是神聖。

《戴洛維夫人》是二十世紀初英國女作家維吉尼亞‧吳爾芙的成名作之一。小說將所有事件壓縮在短短十幾個小時內女主角的心理活動中，為使讀者一頭栽進生活之流的某個當下情境裡，作者選用自由間接的形式，省去了以往正式的敘述語，例如：她想……、她問她自己……。故事的第一句話：「戴洛維夫人說她要自己去買花。」這突如其來的人物與思維，將讀者推進了女主人公意識之流的某個片段裡。我們沉浸於她的內在世界，因而慢慢地推斷出她是誰，為什麼得去買花，以至於拼湊出她的生命史。

「意識流」（stream of consciousness）是十九世紀末，英國心理學家威廉‧詹姆斯在《心理學原理》中所發表的學說，用來描述人內心的一連串想法與感覺。法國文學大師普魯斯特也善於以豐富的感官來感知心理時間。在客觀的物理時刻與內在意識流的相互滲透下，現代派作家於是締造了一個極富變化強度的文學新世界。

愛情尚未發生

——天真爛漫的意識流

　　「阿拉比」（Araby），這個具有魔力的語詞，靜靜地，在詹姆斯・喬伊斯的《都柏林人》裡，散發出迷戀夢幻的愛情想像。由於那富於浪漫氣息的簡潔音調，我們終究聽聞了少年憂鬱而狂亂的心聲。

　　這是個關於喬伊斯童年的情事。男主角愛戀鄰居曼庚的姊姊，當他見不到她的時候，她的名字成了他心裡最隱密的快樂；當他聽不到她的時候，她口中的「阿拉比」市集就成了他最嚮往的地方。他要趕赴這座充滿東方神秘色彩的節慶地，專程為她挑選一件禮物，使她在步出靜修教會的那一刻，心花怒放。

　　可惜週末來臨時，原先答應給他錢的叔叔卻遲遲沒下班，後來又因為火車耽誤了時刻。當他花了一先令走進市集時，燈火已昏黃。他來到一個攤子上，看著燒花的瓷器與茶具，小姐問他：「買什麼？」他說：「不用了，謝謝。」不久市集燈熄。他看見自己是一個為虛華所驅使的可憐蟲，任由極度的痛苦與憤怒燃燒了雙眸。

　　喬伊斯就這樣以瑣碎的語言和簡潔的意象，抓住了每一個青春少年單純而富有詩意的憂傷。

永遠迷上你的那一天

你^{看了我一眼}

那眼光^{溫暖、柔和、深情}

像是^{愛的撫觸}

永遠迷上你的那一天

——維也納的文學情歌

「你看了我一眼，那眼光溫暖、柔和、深情，像是愛的撫觸。」

愛情，這不可思議的奇蹟，像誘人的謎，總是發生在人們新生的那一刻……。二十世紀初，維也納的文學博士褚威格，在中篇小說〈一位陌生女子的來信〉裡，藉由女主角柔情似水的動人告白，悄然回首愛情發生的最初。在人生的終點，追索那纏繞一生，無法自拔的青春暗戀。「我還清楚記得，我完全地愛上了你，永遠迷上你的那一天，親愛的，那個時刻，至今仍叫我心動。」

那時，遠方駛來一輛汽車，車剛停下，男主角迫不及待地以輕捷靈巧的步履躍下……，正是差點與女主角撞上的瞬間，總結了少女時代「幸福」一辭的全部涵意。「從我接觸到你那充滿柔情蜜意的一刻開始，我完全屬於你！直到後來我才明白，你的目光像是擁抱著對方，既含情脈脈，又蕩人心魄，那是一雙天生誘惑人的雙眼，而你向每一位從你身邊經過的女人投以這樣的目光，那並非你有意識的多情與愛慕，而是你對女人柔軟的情愫。」「十三歲的童年心智使我以為那柔情只為我。就在這一瞬間，我從女孩成為女人。就在這一秒，我毫無閱歷，毫無準備地一頭跌進了命運的深淵。」

也是在我們閱讀的此時此刻，古今深情無悔的文字凝結成一顆晶瑩的淚珠，劃過了多少傷心人淒然的臉龐。

召喚青春

——褚威格的幽默喜劇

當我們回憶起年輕時的往事，那些在無邊人海裡嬉鬧，在旋轉木馬上縱情歡笑的日子，便又回到眼前。像個孩子被帶進了玩具店，快樂無比、瘋勁十足！我們將自由地在腦海中重新組合與初戀情人的約會時光。那多半是在遊樂場中，眼前閃過誇張的叫賣者、戲台上有柔體雜技，女算命仙與海底奇觀形成了交相輝映的魔術磁場，我們在昏昏沉沉的意識裡，被生平第一個愛之吻喚醒了全部的記憶。

「回憶是一種命運，一種使人想重新再經歷一次的命運。」我們分明記得自己曾經在幸福的邊緣，鑲上一道柔亮的金光，因為那時候，愛的內容，只有奉獻。這也許正是德國作家褚威格（1881～1942）在〈普拉特爾的春天〉裡，以書寫召喚愛情的初衷。故事裡的女主角，原本是個鄉下的純真少女，涉足城裡的聲色犬馬五年之後，滿衣櫃的華麗服裝悄悄地淹沒了她內心深處原本渴望的幸福。直到某一天，因來不及盛裝而無法參加賽馬會，麗澤乾脆突發奇想，換上了當年初進城時所穿的儉樸衣衫，走出戶外，開始學習扮演原本的自我。

起初她想像自己是《浮士德》裡純樸的葛麗卿，一時捲入了人潮，彷彿大海裡的一朵浪花。隨著記憶逐漸沉浸於往事，她的步伐

仍繼續向前。也許年輕原本就應該是一朵歡樂的水花，既漫無目的又充滿活力地向前翻騰。

男人不談愛情

——小説中的非理性因素

　　我們在生活中，究竟做了多少非理性的決定？

　　德國作家海爾曼‧布洛赫以小說《夢遊人》，說一個男人和一個女人的相遇。兩個孤獨憂鬱的人互相傾慕，暗自等待獨處的時光，而且夢想著將來能夠一起生活。

　　直到有一天，他們在森林裡採蘑菇，身邊頓時少了其他人。他們卻只是心慌意亂。儘管兩人都知道不該放走這個機會，沉默，仍持續了好長一段時間。然後，女子突然「出乎她的意願，也出乎她的意外」地談起了蘑菇。接著，男子在尋思話題的時候，非但不談愛情，竟「由於一個意外的衝動」，也說起了蘑菇。回程的路上，他們始終談著蘑菇，對於愛情，已無能為力。

　　回家後，男人自我解釋，那是因為他不願背叛對妻子的回憶。然而我們都很清楚：這不是一個真的理由。人們總是甘心為了一個理由而失去一次愛情，卻不能原諒自己毫無理由地失去了它。

　　不談愛情的男人，為小說體揭示了新的扉頁。就在大多數作家都為人物的行為尋找理由的同時，原來人的行為也並不一定都是思想和邏輯的延續。

手足競技場

——小說家微觀人生

　　德國猶太裔文學家褚威格在他《一個女人的二十四小時》裡聲稱：「每雙手都表現出一個獨特的人生。」尤其是在綠色賭桌上，作者提醒我們，永遠不去看臉，只在這四方型的小戲臺上，盯住那些變化不定、緊張刺激的手。那將比任何音樂、戲劇更令人心生激動。

　　故事裡的女主角就是藉由一雙充滿原始本能的手，意識到賭徒內心深處的隱密性格。故開始不久，她便看見一隻右手和一隻左手，像兩頭凶狠的野獸互相糾纏。它們激烈如熾的表情顯示男主人公正將全部的精力擠到指尖，以免自己被激情燃燒得粉身碎骨。當他在賭桌上挫敗時，這一雙手又突然分開攤倒，像兩頭野獸被同一粒子彈打個對穿，雙雙倒下，不像是筋疲力盡，而是的確死掉了。

　　作家刻意忽視那些高高在上，栓著一條領帶的臉，因為在他們眼中，那些臉不過是社交場中冷冷的面具。英國作家D. H. 勞倫斯也以類似的觀點在《查泰萊夫人的情人》裡，使康妮意識到腿的存在，並聲明那才是人類靈敏犀利和柔情力道，雙重結合的青春精髓所在。

在妳的聲音裡失序
——海涅的浪漫抒情

「不知道為什麼／我是如此地悲哀／一個古老的傳說／令我無法忘懷……」十九世紀德國詩人海涅，凝視著萊茵河中游的險灣。望著那曾經危及船伕的陡峭崖壁，在清冷的空氣中，在落日餘暉的照耀下，詩人迷離的眼光，投射出美麗女妖「羅蕾萊」。

絕色佳人在崖顛，以金色的梳子梳著金色的長髮。她的歌聲讓船伕狂野而痛苦！他管束不住自己，再險惡的暗礁也不能收攝他的心志，他要乘著歌聲的翅膀飛上天，想像在滿園盛放的芬芳裡，飽啜愛情的安寧與幸福。「我相信／浪濤最終／吞噬了小舟及船伕／這是羅蕾萊／用她的歌聲造成的」。當愛情將人們推離了生命的正常軌道，人們反而愈信服於命運，也同時愈游移於現實和懷想之間。

海涅引述了一首早於他二十多年的敘事詩，對某些情節加以重新經營，「狂野的痛苦」（wildem weh）這組意象參差矛盾的雙聲連綿辭，語音中增添了多少朦朧曖昧的詩意氣氛！浪濤終究吞噬了小舟，愛情淹沒了戀人，而抒情詩的語彙，則征服了所有關心及品味語言精緻度的讀者。

微風輕吹

——帶著題材守候靈感

　　在古希臘時代，正戲開羅之前，總有一個角色以獻唱來交代故事情節。直到十八世紀中葉，歌德作《浮士德》，又將這樣的序幕由簡化繁，在三段式輪番上陣的開場白中，愈趨急切地要他的讀者懂得他，懂得他對愛情與靈魂的思考，對生命意義的探索，對快樂與價值的追尋……。

　　第一段開場白的四小節〈獻詩〉，是歌德以抒情柔美的聲調，娓娓道出他遲遲未能動筆成篇的原因。原來浮士德故事一直是他最鍾愛的題材，多年來像個飄浮的幻影，總在不經意間，從生命的迷霧裡，突然向他逼近。他像一把古希臘時期的風鳴琴，只有在微風輕拂間，依著風兒的強弱發出曼妙的樂音。

　　風神帶給豎琴溫柔纏綿的高低音色，就像是浮士德這個微語，在他耳邊唱出由遠而近的童年美好回憶，還有那些可愛的玩伴與初戀情人！似水年華流逝於指間，以不確定的音調在風中漂泊。回憶使人渾身顫慄，淚眼撲簌，直到眼前的現實已遙不可及，而消失已久的一切卻如實呈現，作家才以奔騰的筆，拾回四散飄零的青春夢。

一個冬天的童話
——擺脫語言的束縛

　　一八五五年，詩人海涅的浪漫旅遊作品〈德國，一個冬天的童話〉，以法文出版。詩中俏皮的韻腳幻化出一千零一組詞彙，每一組都隱含了詩人對故鄉的深情。普魯士、萊茵河、科隆、巴巴柔莎……，藏不住的無限美好風情為無情的軍國主義所切割。而這組迷人的長詩，也在法語的世界裡，阻絕了她的美。

　　詩人熱愛祖國，卻不忍卒睹黑紅黃三色旗下一再上演的把戲。他希望乘著語言的翅膀，帶動各種隱喻、反諷與誇飾的雲彩，一起躍升語境的新高峰。童話是德國浪漫時期的產物，也是古老的文化傳統。這是個動物、植物，乃至於無生命的物體不分彼此，水乳交融，一同歡樂的國度。那些精采而神奇的結構，一旦被放在寒冷的冬天，則長詩的命題便意有所指。

　　「我們敲打語言的破鍋鐵，試圖用它來感動天上的星星，結果卻只能使狗熊跳舞。」當小說家福樓拜感嘆人們運用語言表述其內心，竟是如此的困難！詩人海涅卻已在跨越語言表層意義的同時，呼吸到來自潛在意識中自由而高尚的政治氣息。

危機迫近

在 這寂靜的時刻

地洞裡 突然發出了巨大的聲音

「苦是你們受的！」

忽然，她停住了
——小説人物的靜止時刻

　　闔上法國作家福樓拜的短篇小說集，浮現眼前的多幅靜止畫面，竟成了永恆不滅的印象。作者在〈赫魯特亞王后〉裡所描寫的幾處「暫停」，均為緊接下來的高峰情節，蓄積了令人摒息以待的敘事能量。

　　首先，「一個早晨，天還沒亮，希律王倚著欄杆眺望遠方。」在人物的凝視下，沙漠、丘陵和遠處的峰巒，逐漸地甦醒於晨曦的紅光中。時間在靜止的人物面前不斷地推移，烘托出危機迫近的不安氣氛。

　　當維德利烏斯命令奴隸砸開神秘犯人的地牢時，洞底呈現一團迷濛，有一個人躺在地上，頭髮蒙住臉，身上披著獸毛，前額剛一碰到鐵網，又立即陷入深處消失了。洞外所有的人都圍成一圈，不敢作聲。連王后在宮殿的另一頭也聽見了，她穿過人群，扶著僕人的肩膀側耳傾聽。

　　在這寂靜的時刻，地洞裡突然發出了巨大的聲音：「苦是有你們受的！你們的城堡大門會比胡桃殼碎得還快，牆會倒，城會燒毀，而上天的懲罰仍不會終止。」作家著力於暫停時刻的描繪，有時反能成為推動故事進行的一大助力。

最好的「顯露」，就是「隱藏」
──《包法利夫人》的開場藝術

　　直到《包法利夫人》（*Madame Bovary*）出現，小說在文體的藝術典型上，才展現了劃時代的意義。它是一部「最完美的小說」，從波特萊爾、左拉，到二十世紀法國「新小說」的代表作家，都將它視為敘事藝術史上的顛峰。米蘭‧昆德拉甚至說道：「小說是從福樓拜開始才趕上詩的境界！」他在一九八五年獲得耶路撒冷文學獎時，引用福樓拜的名言：「小說家的任務就是力求從作品後面消失。」

　　福樓拜（Gustave Flaubert）在《包法利夫人》中寫下的第一個句子是：「當我們正在自習的時候……。」幾乎是在小說成形的同時，人們已經注意到這個不同凡響的故事講述視角。這是小說的敘事觀點開始受到嚴格限制的第一步。作者陡然將讀者帶入事件現場，使讀者身歷其境。這是福樓拜的一小步，卻是歐洲文學史上，作者退出小說的一大步。作者的聲音消退在作品中，讓故事一開始就擺脫了講述式的口吻，他做到了最好的「顯露」，就從「隱藏」開始。

　　小說發展至此，誰能說「觀點」的運用影響不深？這一小節著名的第一人稱段落，隱含了小說家對語言的敏銳，與對文體的重新認知。從前，作家下筆時不免以說書式的口吻，在故事開場中鋪陳角色的身世背景。爾後，作家主控的慾望漸次消退，讀者們則自然提高了在故事裡為自己尋寶的閱讀樂趣。

另類「調情」
——敘事的跌宕與變化

　　十九世紀法國著名小說家福樓拜，以他精心製作的《包法利夫人》，展現出一種力道與強度恰到好處的敘事節奏，不僅在古典主義的完美情愛，與小人物意識流的現代狂想之間，取得了高度平衡，同時呈現出作家本身對人世的嘲諷與悲憫。

　　作家深闇女主人公每一段人生進程的心理微妙變化，而且透視了情慾風波中的虛假本質。尤其是書中的第二部，當艾瑪與情人雷昂的的戀情持續升溫之際，雷昂突然去了巴黎，而魯道夫的出現，便適時填補了艾瑪內心的巨大感情空缺，於是文本合理地解釋了艾瑪對魯道夫飛蛾撲火般的激情。

　　艾瑪與魯道夫墜入慾海的的地點，既非溫馨的小木屋，也不是他們經常散步的樹林與花園，卻是在鎮公所二樓的會議室。當天樓下的農業展覽會場上，參事們持續唱名頒獎，有肥料獎、綿羊獎、種豬獎……，其間穿插著魯道夫的情話綿綿：「有一百次，我想離開妳，最後卻只能跟著妳。」至於艾瑪，雖在魯道夫的眼中看到了金色的光輝，卻隨著朦朧的意識回到了雷昂的身邊。

閱讀之美

——包法利夫人的愛與夢

「她訂了《花籃》和《沙龍的精靈》，精讀婦女雜誌上各種首場公演的報導，賽馬和晚宴的消息，連一則小新聞也不漏掉。」「她研究尤吉尼·蘇小說裡對家具的描述；也閱讀巴爾札克和喬治桑的小說，在他們的字裡行間搜尋，間接地滿足她的渴望。」

十九世紀法國小說家古斯塔夫·福樓拜，以他的名著《包法利夫人》，描述一位藉著閱讀而大膽作夢的女性。她的丈夫說：「她最美的地方是眼睛。棕色的眼眸在睫毛的陰影下，看起來是深邃的黑，目光坦率、大膽，直直地向你逼視過來。」這雙令人不安的眼，於婚後單調的生活裡，轉而在紙張和書本上，搜尋她所嚮往的世界。她不時揮揮書架上的灰塵，也看看鏡子裡的自己。每當她拿起一本書，讀著讀著作起白日夢時，書就從她的腿上滑落……。

她很想去旅行，或是回修道院；她想死，也想去巴黎。她曾用指尖在地圖上遊走，而心靈也就在每個街角停留，直到眼睛累了才結束。描寫著一張恬靜的閱讀臉龐，小說家同時呈現了女主角內心的狂熱與渴望。

文學的節奏

我 害怕聽到自己的心跳

那些樂譜 上的橫線

尤其 使人聯想到死亡

無法計算的時間
——小説語言的力度與速度

　　「我害怕聽到自己的心跳。」捷克作家米蘭・昆德拉，面對節奏問題時，如此敏銳易感。「那些樂譜上的橫線，尤其使人聯想到死亡。」生命的節奏這般緊迫，促使那些偉大的節奏大師們，運用精密的複調對位法，以及音符的增值或轉位，極力將旋律推出物理時間之外，打開了屬於境界層次的藝術天地。

　　五線譜中的精密計算，猶如音樂上的三角函數。然而就在數學之美勝出的同時，人們早已耽溺在和諧的樂曲聲中，幾乎忘了節拍的存在。在文學世界裡，海明威的短篇小說，便是刻意縮短或增長一句話的節奏感，而且往往以簡潔的句式，反襯人物內心的複雜情緒。

　　「城市被漂亮地攻克了，河水在我們身後流淌。」這樣短短的一句話，便將士兵們勝利後的喜悅與驕傲烘托出來，同時暗示了這條河水一度橫亙在他們面前時，所帶來的困頓與焦著。海明威放棄繁冗的戰略敘述，語境上的簡淨，反而增強了讀者的文學感受力。猶如作曲家以改變某些固定小節的音值，從而開拓出無法計算的新時間結構美學。

特寫紅色泳褲
——以細節展現故事強度

「一個故事只有在『不想說』有強大力量的那一刻述說，才有蠱惑力。」《日出時讓悲傷終結》的作者巴斯卡・季聶曾說。

現代小說作家往往著意解消故事戲劇化的頂峰，因此讀者很難發現情節中多條線索交匯時，放射出炫目的火花。相反地，故事的發展，往往在無關緊要處，刻意描繪著看似平常的細節，卻承載了巨幅的心理能量。

米蘭・昆德拉在《不朽》中，留下了一段動人的篇章。蘿拉到海島上與男友見面，卻遭到斥責。男友甚至驅車離開，將她孤零零地留在海灘上。當她回到從前幽會的海濱別墅時，瞥見一條男性的紅色泳褲被扔在壁櫥裡。作家描述這條泳褲的艷紅，反襯出蘿拉悲憐的心境：在這荒煙小島上，只有紅色泳褲對她表示歡迎。它的一如往常，反映出男友的無情。

就在凝視紅色泳褲的同時，它成為蘿拉顧影自憐的化身，又使人想起曾經擁有的甜蜜時光——記得去年夏天在蔚藍的大海裡，擁抱住熱烈的愛情……。文字一旦停格，情緒張力就在一瞬間完全開展，猶如樂音，久久迴盪。

上帝發笑的回聲

——小說與文明

　　捷克作家米蘭・昆德拉在一九八五年獲得耶路撒冷文學獎時，以「小說與歐洲」為題指出，歐洲與其被視為一塊土地，毋寧說是一種文化。他透過小說這一門藝術的發展歷程，省視歐洲近代以來的文明。

　　「我們知道，個人被尊重的世界是脆弱的。」在昆德拉的眼裡，尊重個人的世界，存在於小說的想像空間，而它卻是歐洲的真實形象，也是我們對歐洲的夢想。小說藝術創造了迷人的世界，在那裡「沒有人是真理的佔有者，每個人都有權被理解。」他以《包法利夫人》為例說明，鎮日伴隨在可憐的艾瑪周圍的眾人，是一群對既定觀念無反省能力的人。小說世界凸顯了最令人震驚的現象在於，標榜現代科學與理性的社會裡，人們集體性的不思考也在繼續向前！

　　這是個不宣而戰的時代，在這命運如此殘酷的城市底層，「我決定只談小說。」他強調自己並非在嚴重問題前臨陣脫逃，而是認知到歐洲精神最珍貴的本質，是對個人特殊思想與私生活權利的尊重，同時這份尊重正被安置在小說的語言與智慧中。

行動與冒險的魅力
——小説家的遊蕩思維

　　米蘭・昆德拉列舉十八世紀歐洲著名小說時，曾提出這個時代的人們善於營造「行動與冒險的魅力」。以勞倫斯・斯特恩（Laurence Sterne）的小說《項迪傳》（*Tristam Shandy*）為例，男主角剛剛開啟了一個屬於夜晚的回憶，卻隨即為另外的想法所吸引，然後又引出了另一個思緒……。情節不斷地離題，男主人公被人遺忘了一百多頁！那又如何？「藝術形式始終是超越形式的。」

　　斯特恩的一再離題，使人們無法預估後事，卻也引發了讀者神遊於冒險行動中的興味。自十八世紀理性主義開展以來，人們盯緊了所有事件的因果鎖鍊，把整個世界化約為合邏輯的因果循環，不料文學僅存在於原因和結果之間的斷裂時空，那也是任思緒遊蕩的閑在境地。

　　斯特恩的另一作品《感傷之旅》（*Sentimental Journey*）正是這樣的例子，作者以個人化的思緒填補遊記體的框架，開啟了旅遊書寫作為個人心靈記錄的扉頁。二十世紀意識流小說家吳爾芙（Virginia Woolf）有感而發道：「正是對話語忽略不記，反而對沉默興致盎然，斯特恩才成為現代作家的先驅。」

心靈史詩

——內心獨白的飛想

　　他站在門前的階梯上，伸手到褲子後口袋裡拿大門鑰匙。咦，不在這。在我脫下來的那件褲子裡……。

　　匈牙利的文學理論家盧卡契指稱，文藝復興以降的西方小說旨在探索人類的內心世界。事實證明，上個世紀從法國的普魯斯特，英國的維吉尼亞·吳爾芙，美國的福克納，到愛爾蘭的著名作家詹姆斯·喬伊斯，洋洋灑灑寫的都是人物的思緒、印象、回憶與感覺，那同時也是作者靈魂自我追尋的歷程。

　　內心獨白（Interior Monologue）是小說家運用意識流的手法，捕捉人物頭腦中毫不連貫、變幻無常的思緒。這種藝術技巧好像作者把已經寫就的文稿撕成碎片拋撒出去，讓讀者自行拾起，一一拼湊。讀者經由這些靜默而不斷自發的意識流描述，分享了小說人物因感官與聯想而啟動的種種記憶、感懷與幻想。內心獨白的全面使用，使整部小說看起來似乎什麼事也沒發生，卻又在字裡行間處處閃現了人生哲理。在模擬各種人物的思考和自言自語中，這些世界級的作家們已靜悄悄地將心靈的寫實，推上了文學的珠穆朗瑪峰。

瘋癲與文明

——閱讀者的癡狂

　　「由於他的好奇心超強，而且對騎士小說非常著迷，因此終日沈浸在書堆裡，每天從黃昏讀到黎明，再從黎明讀到黃昏。這種日以繼夜的閱讀方式使他腦力衰退，並逐漸失去了理性。」自來為傳奇故事迷得神魂顛倒的人很多，在經典文學裡，則以西班牙作家塞萬提斯筆下的《唐吉訶德》為最。

　　故事描述一位五十多歲的沒落紳士，閒居時埋頭苦讀騎士小說，經常看得愛不釋手、廢寢忘食。他深信書中比武挑戰、戀愛調情等故事都是真的，因此想成為一名騎士的念頭，壓倒了一切理智。小說以他用鐵片作盔頂、用硬紙板作眼罩，騎上一匹駑馬，自以為將有不平凡的冒險經歷為開端。發展出一個瘋癲狂人在現實中處處碰壁的悲喜劇。

　　二十世紀研究「瘋狂史」的法國思想家米歇爾・傅科，在他的《瘋癲與文明》裡說：「瘋癲不是一種自然現象，卻是文明的產物。」證諸《唐吉訶德》對騎士制度的嘲諷，才知傅科的深意。杜斯妥也夫斯基也說過：在世界的盡頭，人們可以獻上此書，因為它就是生活的總結。

冰雪與激情

說^{實話}

我來^{這裡}

是因為^{妳在這裡}

白色風雪中的浪漫號

——我讀《安娜‧卡列尼娜》

「我不知道您也來了。您來做什麼呀?」她的臉上煥發出一
種掩飾不住的歡樂和生氣。

「我來做什麼嗎?」他盯住她的眼睛。「說實話,我來這
裡,是因為您在這裡。」

就在這個時候,風彷彿衝破了重重障礙,把車廂頂上的雪吹
落下來,把什麼地方吹得鏗鏘發響。火車頭發出哀怨而淒涼
的尖銳汽笛聲。暴風雪的恐怖景象在她看來顯得格外壯麗。
他對她說的話,正是她內心所渴望而她的理智所害怕的。

——列夫‧托爾斯泰《安娜‧卡列尼娜》

　　一八二四年,英國工程師史蒂芬遜製造出世界上第一台蒸汽
火車——旅行號。從此,文學家們將小說場景與走遍天涯、永不寂
寞的鐵道世故事,緊緊相繫,締造出連綿不絕的動人佳話,使得
閱讀活動伴隨著鐵軌、枕木和小石塊,連綴出死生契闊、愛恨交織
的不朽傳奇。俄國作家鮑里斯的著名長篇《齊瓦哥醫生》,奧地
利文學家褚威格的系列作品,以及日本小說家淺田次郎的《鐵道

員》……。許許多多在車廂與月台之間所發生的溫柔奇蹟，層層疊疊地以各種文學形式攻佔了世間無數寂寞的靈魂。

我的求學階段與教書生涯，始終與鐵路相隨。旅途中所閱讀的文學作品，將我的每一條神經緊密地糾纏在現實與迷離惝恍之間。就在安娜·卡列尼娜提醒我們，她閱讀自己故事的興致遠大於書本的同時，我偶然從作品的世界裡抬起頭來，也曾翻然醒悟文學寫不過人生的事實。車廂裡，童言歡笑的赤子，誠懇恭謹的查票員，以及正陷落於各種心境中的癡情男女……。他們的人生都是一場大戲，使我在想像力極度馳騁之間，熱切地擁抱起他們的故事。

俄羅斯最偉大的文學家托爾斯泰，這位文藝復興以來，唯一能夠挑戰莎士比亞的作家，將他筆下散發著無限風情的女人——安娜·卡列尼娜，託付給了火車。安娜從看似的幸福家庭裡出走，邁著輕盈而矯健的步履，踏進了注定與伏倫斯基相戀的那一節車廂。隨著北國大地的暴風雪在車輪之間猛烈地咆哮與衝擊，他們的愛情如火燎原。直到生命之燈熄滅的那一瞬，火車與月台始終都是這美麗多情的女子，展演人生哀樂的最佳舞台。

文章本天成

——背離初衷的故事走向

　　據說俄國作家托爾斯泰的名著《安娜·卡列尼娜》，女主角在初稿中被界定為背離宗教與婚姻的墮落女子。如今世人面對著出版成書，卻無不拜倒在安娜高貴風華的石榴裙下。托翁的原始創作意圖以確立永恆的夫妻關係為前提，重重地譴責了失貞的婦女。然而作家在推進情節的過程中，卻與新的故事邏輯產生衝撞。寫作者在依違之間，究竟該聽任文學內在的洞見私闖入潛意識的邊界？抑或堅持回到原本設定的軌道，循序完成既有的目標？

　　東歐作家米蘭·昆德拉在《生命中不能承受之輕》裡說道：「小說家不是任何觀念或信念的代言人。當托爾斯泰構思《安娜·卡列尼娜》的初稿時，他心目中的安娜是個極不可愛的女人，這使得她悽慘的下場顯得罪有應得。卻與我們讀到的定稿大相逕庭。其間並非托爾斯泰的道德觀念有所轉變，而是他聽見道德以外的另一種聲音，我姑且稱之為『小說的智慧』。」

　　安娜形象的變化，折射出托翁目光焦點的移轉。作家在智慧之聲的引領下，瞥見了人生實存的複雜處境。

通過一座拱門

——小說的雙向結構

　　一八七六年，在俄國一段婚外情的故事裡，安娜·卡列尼那最終身著一襲黑色天鵝絨長裙，迎向風馳電掣的火車，結束了愛情生活裡使人過度疲憊的厭倦與猜疑。葬禮結束後，男主角沃倫斯基痛徹心扉，志願從軍，但求一死。這段盪氣迴腸的愛情故事，揪緊了讀者悲傷哀惋的心。

　　故事的另一條平行主線，則是以遼闊的鄉村大地為背景。男主人公列文或許就是作者托爾斯泰的投影。他以痛苦和矛盾的永恆形象，逼使讀者不斷地追問自我與信仰的關係。在故事裡，列文與吉蒂這對平淡的夫妻，成了安娜與伏倫斯基的對照組，作者在藝術結構的安排上，讓兩段故事各自發展：飛蛾撲火的熾情烈愛，與細水長流的雋永情意，最後歸結於同一主題，即作者本人對於婚姻與愛情的深刻體悟。

　　兩條主線合抱成一座拱門式的結構，說明了當時的文學家為了揭示較諸以往更為複雜而深刻的社會生活，於是拓展了小說的敘事手法，用嶄新的形式與結構訴說著後宗教時代，人們對於婚姻、家庭、愛情與人性的重新體會。

初次激情

——詩意的體驗

　　許多文學評論專著暗示有志提升自我的讀者，不以停留於第一層次的語意型閱讀為滿足，只有在無數次的閱讀與詮釋經驗裡，探索字彙與故事的豐富意象，直到我們將自己鍛鍊成偏重符號意義的美學型讀者之後，才有機會穿梭在兩重閱讀之間，享受更多的文學趣味，包括賞愛完美的敘事藝術，以及精準地辨識某些敗筆之餘，還能饒富興味地，繼續評點那些仍有可觀的美的創造。

　　多次性的閱讀容或有助提升讀者對語言與哲思的細膩品味，卻未必是解讀的唯一法門，特別是關於詩的體驗。二十世紀重要文學作家波赫士（Jorge Luis Borges, 1899～1986）曾力排眾議，強調朗讀詩歌的初體驗。他以濟慈的〈初讀荷馬史詩〉為例，說明那如雷貫耳、波濤洶湧的最後幾行詩韻，喚醒了許久以前在布宜諾斯艾利斯的童年記憶，那是作家第一次聽見父親大聲朗讀詩歌的印象。往後的歲月，也不過就是印象的重現。濟慈的「初讀」與波赫士的「初聽」，道出了「美」只存在於發生的那一刻，它是一種強烈的發現，如此簡單卻又令人印象深刻。

鏡中鏡

——《歧路花園》的虛構與現實

　　二十世紀最博學的作家波赫士，在一九四一年出版了代表作《歧路花園》。其中又以一篇關於鏡像世界的隱喻，最為人熟知。故事主角為了尋找一個關於鏡子與性愛的典故，無意間發現手中這本第十版《大英百科全書》的紐約版第二十六卷，竟比其他版本多了四頁！

　　這多出來的篇幅，介紹了一個沒有人知道的夢幻國度，包括她的歷史、地理、語文、建築、礦物、神學⋯⋯等等。這個現實中不存在的國家，一經報導即成為家喻戶曉的真實存在體。幾年後，始有人透露，原來她是十七世紀英國某地下會社虛構出來的國度，而此會社成員的後代，於十九世紀初將她當作一項持續建構的寫作計畫，以至於到了二十世紀，與此想像國度相關的周邊產品，相繼問世，並且風靡全球！

　　夢幻國度「入侵」現實世界，反諷了理性如百科全書的作品，仍難逃虛構的本質。波赫士高舉文學魔鏡，照見有形的宇宙只是幻影。人們透過語言、文化建構出來的世界，恰是鏡中的反射。這裡唯一真實的，恐怕只有鏡子本身而已。

藝術就這麼發生了
——瞬間觸動的靈感

　　美國畫家惠斯特勒在巴黎的咖啡館裡，聽見許多人討論著遺傳、環境與當代政治等議題。他有感而發的一句話竟是：「藝術就這麼發生了。」（Art happens.）

　　作家的構思有時起源於意識中浮現的片段畫面，甚至僅是一種尚未被確定的感受。日後，這個瞬間產生的念頭，也可能沉浸在消磨的流光歲月裡，淡化成個人生命底層的一點不知名的哀愁。但是它畢竟承擔了催化藝術興發的神秘任務，使藝術家順勢在靈感的源頭，展開其意象的延伸與放大。而故事本身就在作家筆下經歷著一次又一次的鋪陳與詮釋，直到它脫離了原始意象，直到它成為整體時代人心的縮影為止。

　　猶如賈西亞‧馬奎斯寫作《百年孤寂》的初始意念，其實是來自遙遠的童年記憶。他記得外公按著他的小手，使他擁有了第一次觸摸到冰塊的感覺。他微微地受到震動，卻永不能忘懷熱帶地區如古老神話般的生存者，對冰塊及其所象徵的域外（尤其是歐美）文明的懵懂無知。所以他寫了一個漫長的故事，用一個象徵性的結構來體現整座拉丁美洲的百年孤獨。

滿紙荒唐言
——「魔幻寫實」對現代世界的批判

> 我所維護的神奇寫實是生動的、原始的，在整個拉丁美洲，
> 奇妙的景象天天可見，永遠可見。
>
> ——賈西亞・馬奎斯

　　一九九二年智利總理受制於國際資本主義而簽下無條件開放外商投資的協定。當時首都最具激進思想傳統的葛東鐵力亞大學哲學所代主任阿布列東教授，與中南美文學研究權威哈德利・鐵爾針對《百年孤寂》的魔幻寫實進行了一場對談。談話結束前，子彈貫穿了哈德利的右腦，阿布列東則被拘禁了長達六個月。

　　魔幻寫實（Magic Realism）的理論淵源一方面來自法國先鋒型的超現實主義，另一端則根源於拉美地區自身的文學傳統。前者接受了黑格爾、佛洛伊德與柏格森的學說，認定真理本身變動不居的特質，因而試圖在人的潛意識裡再現生命的直覺。後者則從古印地安文學、神話與民間傳說中，汲取了奇幻、荒誕的成分，將現實與幻想、直描與隱喻整合在小說藝術上，並且動用了西方現代派的表現手法，將外資導致的普遍貧窮與獨裁政治的暴行，以「變現實為幻想而又不失真」的原則重現在世人眼前。

給生命一個形式

那 短暫的現實世界反而變成了一個巨大的虛構體

　唯有 書寫

　　承載了 記憶的重量

為了給生命一個形式

——作家的創作慾

　　作家是天生對寫作吹毛求疵的人。儘管生活本身就是一篇篇的故事，但作家的使命卻是要以想像力深掘私密的境地。就像牙醫在臼齒中鑽除神經，在這充滿回憶錄的文學時代裡，作家的寫作，看似為了揪出躲藏在記憶深處的一根敏感神經，但也可能是為了徹底的遺忘和拋卻過往。

　　「他們都是真實世界裡的異鄉人，永遠疏離。」出生在埃及的猶太作家安德烈・埃斯曼說：「寫作這行為本身已成為我尋找空間、建立家園的方式，就像威尼斯人打入木樁用以支撐蝕陷的家園。」寫作是作家形塑這個世界的方式，也是為了給生命一個具體的樣態，於是他們在字裡行間斟酌韻律感、色彩學和地方風貌。「為了將觸角伸出這個真實的世界，所以我寫作。」結果，那短暫的現實世界反而變成了一個巨大的虛構體，唯有書寫，承載了記憶的重量，讓無限的往事從記憶深處，重返眼前。

　　作家重新編排生活，不僅是為了看清楚它的樣貌，更希望藉書寫以抽離自身，用他人的角度來透視生活中零零散散的寂寞與哀愁。當他愛上了這種疏離，也就愛上了寫作，於是那些往日情懷，便紛紛如清風般地迴旋到作者身旁。就在下筆的一瞬，回憶交相疊

影，二十五年前青春如花的母親，又再度牽起了他的手；而父親的笑靨，也重新浮現小兒子的臉蛋上。

擁有神奇的寫作能力
——字詞與畫面的連結

　　當代美國作家娜妲莉・高柏（Natalie Goldberg）向來提倡「寫作如同修行」，藉由筆端出現的單一語詞，層層挖掘那深不見底的塵封回憶與心靈囈語。「咬一小口芹菜，寫下一個你聯想到的強烈字眼：不是好味道、鹹鹹的、很好吃……。靜靜地坐著等待一個具體的字詞出現。」無論是老虎、玻璃，亦或是玫瑰，她不期待合乎邏輯的制式反應，而是希望寫作者進入內在更深的地方，到紛亂的思緒底下，探索心靈最初照現事物的方式。

　　「把我們從自以為該說什麼的層次，帶往更深的、更真實的比喻與形容。」如果試著由「倫敦」一詞出發，娜妲莉・高柏的腦海跳出了「錫箔紙」與之對應。猛然間一幅畫面浮現眼前：「三月時，我初次拜訪英格蘭，寒風刺骨，我走在倫敦的街頭，感覺這個城市就像踩在一萬個髒鞋底之下的鋁箔紙。」一篇耐人尋味的小品文，就這樣開啟了屬於文學自身的活力之門。

　　無獨有偶的是，現代日本作家向田邦子也以這樣不合邏輯的聯想方式，促成了一篇篇清新有味的佳作。她在「四方形」裡浮現了菊花的「香味」，接著畫面愈來愈清晰，在只有自己一人的電梯裡，嗅到格外濃郁的花香，這才經由眼角瞥見了一片菊花葉子。由於殘香與四方形的連結，作者於此道出了喪者已矣的哀愁。

對「想像」的徹底解放
——超現實主義的前衛作風

> 愛麗絲提起勇氣問:「我沒聽過微笑貓,我從來都沒聽過這回事。」
>
> 「貓會笑啊!大部分的貓都會。」公爵夫人說。
>
> 「我是第一次聽到這種說法。」
>
> 「那是因為妳懂的東西太少了。」

　　英語世界的第一部超現實主義小說正是《愛麗絲夢遊仙境》。當小女孩看到那隻火爐上咧嘴微笑的貓,世間的邏輯與常識都在這生動的形象與驚人的敘事中,一筆抹消了。故事洩漏了人們在夢境裡,無意識狀態下的欲望與恐懼。

　　超現實主義(Surrealism)是二十世紀最前衛的文藝思潮,它受到虛無的「達達主義」和佛洛伊德「潛意識」學說的雙重影響,在畫家畢卡索、達利、米羅,以及詩人艾呂雅、阿拉貢、布賀東的帶領下,人們開始將內心抑鬱難解的情緒,以非理性分析的方式表述出來,當然作品所呈現的尺度也就超越了傳統的審美意識和道德約束。現存於科隆路德維克美術館的《聖母打小孩》,就是巴黎畫家

恩斯特向現實突圍的代表作。他的女友凱靈頓則在小說《喇叭助聽器》裡，讓我們看到了鏡裡修女院長譏諷的微笑……。

給愛情一個重生的機會……
——《我願意為妳朗讀》

　　日常生活中，我們時有機會敘述左鄰右舍、街頭巷尾的瑣事軼聞。偶爾，也參與過戲劇等行動藝術的演出，或是體驗那簇擁在人群中，一塊兒揚聲合唱的美好經驗。然而講述故事，或歌唱、演出，其實都與「朗讀」一事，存在著很大的分別。

　　當我們敞開喉嚨唸誦起一段文字時，那一串串突然撞擊到我們內心深處的文字密碼，確非一般悄悄在內心自言自語的讀者所能解析。原來當我們投入自己的感情，與書中人物同聲一氣地朗朗說話時，才是真正的閱讀，也才能深深地體會當初作者寫作的用心。於是伴隨著朗讀而來的，便是在文學領地上的深度之旅。如果此時與愛人攜手徜徉在這無限美好的閱讀仙境，那麼愛情之樹將會綻放出多少令人讚嘆的仙葩！愛神的翅膀又會將我們引向多麼不可思議的慾望顛峰！

　　德國現代作家徐林克（Bernhard Schlink）的《我願意為妳朗讀》（*Der Vorleser*），就是在這長久沉埋的美麗世界裡，挖掘一位少年的心事、情事與成長的歷歷軌跡。透過兩性的共同閱讀與翻譯，古典名劇裡純潔白皙的女主角，逐漸投射在現實中情人的身上；而朗讀者即便對古典作家一無所知，也能一頭栽進故事，甚至將它理解成當下自我的存在與心境。朗讀，使人真實地觸碰到虛飄的靈魂；令我們漸次進入生命的核心；也教人們重新領會：愛的堅實。

踵事增華
——無盡迴旋的「互文」嘉年華會

　　文學評論家說明後現代敘事藝術的諸多特色時，往往不忘文本間的彼此對話。事實上後現代的諸多特質，都來自過去其他時代的各種文化元素，在同一故事裡交互迴響。作家們運用博學的影射及揉合各項藝術風格的手法，使故事仍具有吸引廣大讀者的「暢銷」特質。關於這一點，我們可以參照英國建築評論學家的說法。查爾斯‧簡克思在《後現代建築的語言》中指出，後現代的建築語言至少關心兩種族群的觀感，其一是運用特殊意義符碼的少數菁英；其二是在意舒適生活的一般居民。

　　而後現代小說的敘事美學亦復如此。作家以典型的故事情節招徠讀者群的欣賞，其間所穿插的多元前衛文體風格，諸如：重疊隱匿的敘述聲音、時間軸線上的脫序，以及自由間接引述等等，則讓具有文化素養的人一眼就能辨識出修辭內涵的匠心獨運，因而獨享了某種細膩而深刻的互文之旅，在一個文本裡讀到另一個、又一個文本……，讀者的文史知識愈豐富，一系列的詩歌與優美文章，自會在閱讀的道路上，如花綻放。

回憶即是創造

原來

我 們很少走錯路

經常只是 走得不夠遠

回憶就是創造
——當音樂幻化為色彩世界

　　在小森林裡看著毛驢和山羊，還有那漸行漸遠終於成為風景線上一顆逗點的小兔子。「在這一刻，聞著土地的味道，我縮蜷著身體，鼻子在毛衣領口裡，感受自己身體的熱度，證實自己的存在。」法國鋼琴家葛莉茉藉由貼近鼻息，保存了對於自我最清晰的回憶。

　　然而實際上她也視「自己」為長期禁錮靈魂的枷鎖。因而夢想著在某個瘋狂的瞬間，慾念衝湧而出，掙脫自身之外。她在睡眠時尋找醺然的感覺，放縱自己滑入緩慢降落的想像狀態。緊緊閉上眼睛，眼前出現各種彩色小點：藍色、紫色、黃色、綠色，以及金屬色調。這段儀式性的睡眠前奏曲，還包括了在黑夜中反覆念誦玫瑰經。「如此一來，行動變成了節奏，思想化為韻律而更堅定。」

　　多年後，一個失眠的夜晚，在巴黎，為了準備音樂學院考試，卻因內心的陰鬱而無法平靜地思考與練習。她確定自己將無法沉著地面對隔日的失敗，於是只好閉上雙眼，就在那一刻，整首考試曲伴隨著色彩小點與祈禱文的反覆形式出現在眼前！從此她學會了將作品幻化成影像和色彩，放在自己面前，彷彿看一場表演。原來「我們很少走錯路，經常只是走得不夠遠。」

　　考試當天，她生動熱情地展演了這首原以為枯燥的樂曲。「回憶即是創造」，人們的記憶本身正是最神奇的藝術組合。

誰都別攔著我！

──葛莉茉狂想曲

　　「我對童年沒有任何懷念。」法國當代鋼琴家伊蓮‧葛莉茉，自述幼年即具有旺盛的精力，她不停地發問，總是愛做白日夢，既無法與周遭和諧相處，則生命「永遠像激流一樣氾濫兩岸」。她把洋娃娃摔到牆上，踩扁了親人的好意。這樣「惡劣」的孩子，卻在樹林間找到攀爬和賽跑的藝術，在手指與彈珠之間體會出生命的閃亮節奏。那些耀眼如瑪瑙的乳色彈珠，彈動於指尖，時而力道強勁，時而輕巧細膩，猶如「陽光下令人迷炫的芭蕾舞」！

　　她總是渴望置身於別處，於是在大庭廣眾下將自己藏匿於冷眼旁觀的一角，和上帝玩著躲貓貓。這是個變調的音符！只有在投身大自然的時刻，葛莉茉才能感受到自我融入了巨大的和諧樂聲中。她是多麼喜愛那些蠻荒、放肆而充滿不馴服氣息的自然保護區。那並不是蜜蜂飛舞的金色合歡花園，而是「正午時分，四方襲來無情炎陽。紅鶴與野馬翻揚起鹽分和腐植土強烈的芳香，牠們自由自在，前者突然展翅飛起，後者突然甩起馬鬃奔騰……。」

　　鋼琴家童年時期自由激奮的靈魂，像風中的馬、騰越的潮水和終日喧囂的蟬鳴。往後她將這股湧動的生命之泉，注入了鋼琴澎派的樂音中，以果斷有力的觸鍵，奏出氣勢磅礴、結構嚴謹的樂章。那正是對她與生俱來的狂放熱力，釋出了熱情的回應。

不安的靈魂

——流浪漢的天堂

「那一身酒紅色長袍，使他看起來就像奇幻世界的巫師。有時，他還會把一只黑色大垃圾袋繫在脖子上，當作斗篷，以清理洛杉磯街道的十字軍自居。」美國《洛杉磯時報》的專欄作者羅培茲，在春天的早晨邂逅了一位街頭的音樂魔法師。那其實是個衣衫襤褸、精神略微失常的流浪漢，然而他又不是一般的流浪漢。

「他是黑人，年紀五十出頭，眼珠像琥珀色的奶油糖，聽到讚美時流露出溫柔的目光。」他用髒兮兮卻不失優雅的手，在只剩兩條弦的小提琴上，拉奏出孟德爾頌、布拉姆斯和貝多芬的樂曲。每天，他站在洛杉磯第二街的隧道裡，任由川流不息的汽車從身邊駛過，卡車轟隆隆的聲響也不能破壞他的歡樂與平靜。當他開始拉琴的時候，便得以暫時從瘋狂中抽離，在閉上眼睛的那一刻，他彷彿置身在高丘上的音樂廳裡，那舞台像一艘大船，在天空揚起了銀色的帆，就算這一刻稍縱即逝，也足以美得像幻影了。

這個天馬行空、毫無偽裝的流浪漢一開口便傾吐出不連貫的意識流，讓狂野的思緒像一朵朵浮雲，飄過現實和想像的界線，自由地來回穿梭。也許在這個世界上，只有像他這樣的人，才具有完全破解形式的想像力。他不需要執著於一般人眼中既定的表述框架，對他來說，閉上眼睛，頭微微抬起，琴音就是天堂。

靜默與迷醉
——以寫作向死亡致敬

「沒有別的事實，只有穿透我的令人震驚的痛苦，在某個沒有防備的時刻，一幅這房子的景象突然襲來……。」那是一幢空蕩蕩，唯有陽光從窗外射入的房子，如夢魘般清新卻又荒廢地來到瀕死者的眼前。當她幽幽轉醒，真正意識到自己正身處其間的時候，那感覺也只是彼此不曾相屬的痛徹。藉由靈魂的徬徨無措，小說家道出南非後種族隔離時期，人們與土地漸行漸遠的悲哀。

諾貝爾文學獎得主柯慈（J. M. Coetzee），以他的故園開普敦為小說背景，刻畫一位罹患癌症的白人婦女，面臨死亡的心境：「如果妳在這裡，我會對妳哭喊，哭出我的悲泣。可是妳不在這裡。」小說以女主人公寫信給住在美國的女兒，訴說著當地人對生命無動於衷的荒涼感，以及眼看著文明遭受扭絞與滅殺的重重無奈。

她為站在窗邊的黑人流浪漢彈奏巴哈平均律，她同時沉思：那樂譜封面橢圓形畫像上的笑容是否就是純潔的聖靈？但是這當下卻又多麼不像殿堂！這個聖靈要到哪裡去找尋自己？它是否就在逐漸消逝於蒼穹的演奏回音裡？或者存在於受琴音舞動的我的心上？而祂是否也想法子進入那個站在窗口，褲子鬆垂的偷聽人心中？死神理當聆聽臨終者的肺腑弦音。只是，當祂還未現身的時候，作家早已將內心想對死神說的話，藏在每一篇嘔心瀝血的扉頁裡。

詩與花的生活
——舒曼的情書、情曲

　　十九世紀德國女鋼琴家克拉拉是得天獨厚的女子。她的父親寵愛地說：「那時，天空在飄雪，一片雪花意外地落入我懷中，我接住了。那就是妳。」日後成為她丈夫的作曲家舒曼，也曾在她幼小的心靈晶石上，鐫刻了永恆的銘記：「我時常想著妳，不是一個人在想著他的朋友，而是朝聖者想念遠方的聖壇。」克拉拉既是父親掌上晶瑩的雪花，也是情人渴慕的聖潔天堂。

　　舒曼曾在定情之夜，以純潔的情思流露感人肺腑的綿綿情話：「我想用一些可愛的詞語來稱呼妳，但我發現找不到比簡單的『親愛的』，更美好的辭句。我所能做到的，只是將它用一種特別的方式說出來。……我下定決心，從今往後要從妳的表情裡讀出妳的願望，即使妳不說出口。我要讓妳知道妳眼前的這個男人，他完全屬於妳，他對妳的愛遠勝過他所能表達的程度。」

　　舒曼的情書猶如他的情曲，在短短幾小節或幾分鐘的鋼琴練習曲中，引領人們重拾纏綿美好而又無盡夢幻的純真年代。當時舒曼與深愛克拉拉的父親持續爭訟了將近一年，結果有情人成為眷屬。那一天是克拉拉二十一歲的生日，舒曼完成了結婚禮物——138首抒情套曲。並且引用詩人呂克特的詩獻給愛妻：「妳是我的生命，是我的心；妳是大地，我在那兒生活；妳是天空，我在那兒飛翔……。」

蝴蝶面具

——音樂與文學的翩然雙舞

　　「在許多難以成眠的夜裡，我都會看到一個模糊的影像，它像是一個終點。」浪漫時期的音樂家舒曼，在二十歲的時候，迷戀起尚‧保羅的小說《年少氣盛》。這個故事的終點，消隱於一場華麗的面具舞會裡。那結局反倒像是一個新的開始，引領著年輕的舒曼，擁抱鋼琴而翩翩然迴旋，徜徉在新理想的歡愉中，吟詠出一首又一首豐富可愛的作品。

　　這群美麗的鋼琴組曲，在舒曼的腦海裡如振翅狂舞的蝴蝶，於是這六小節的序奏，以及後續紛繁而出的十二首小曲，具體地演繹了舒曼腦海中最青春夢幻的狂歡節舞會！舒曼用法文的「蝴蝶」為這一組曲命名：「當我寫下《蝴蝶》，我真的感受到內在某種亟欲獨立的趨向。」

　　到如今，愛樂人在琴音中，想像著繽紛的蝴蝶，於寬廣美好的春天裡振翅。湛藍的天幕成為絕佳的舞台，將一位年少輕狂的夢想家推出生命的序曲，迎向廣闊的戶外人生。他美麗的藍色眼睛乍然發現，春天就在門口看著他。「現在，我開始了解我的存在。沉默終於被打破了！」

　　尚‧保羅在小說中運用了雙關語來書寫故事裡的舞會，「面具」在德語中另有「幼蟲」之意，其間隱喻了生命的蛻變與自由。

舒曼在文學世界裡獲得靈感，將音樂結合詩興，讓一顆顆慢慢釋放的音符，猶如破繭的蝴蝶，奔向夢想的未來。

英雄的目光

——面對樂聖的寫作

　　貝多芬的心靈複雜而豐富，彷彿橫掃一切，引爆熱力的瞬間，急速拋出一個「寂靜」，教人在感官的兩極之間，迅速體會永恆與虛空。在藝術史上，他是氣勢磅礴、色彩絢爛的聖人。他可以運用清晰的裝飾，使音響達於和煦春風般的諧暢，也能在短短幾小節的樂譜中，標記著繁複的力度變化，使音樂的張力達到全然地釋放與張揚，在聽者主觀的心神裡，留下難忘的回憶。

　　然而當初曾經親眼見過他的人，又該如何以語言來詮釋腦海裡永留的印象？「If I am not mistaken, on the morning that I saw Beethoven for the first time.」Julius爵士在一八二三年貝多芬還在世時，已經寫下了那個早晨，當他第一次在樂譜店見到貝多芬的印象。「A stout, short man with a very red face, small, piercing eyes, bushy eyebrows, dressed in a very long overcoat which reached nearly to his ankles.」在外人眼中，貝多芬不屈不撓的堅強特質，完全從他那酗酒的紅臉、三角眼、掃把眉，以及不修邊幅的長大衣中流洩出來。

　　使Julius爵士脫口說道：「It must be Beethoven！」正是那雙小而銳利的眼眸中所流露出的非任何畫家所能描繪的目光。「It was a feeling of sublimity and melancholy combined.」藝術家的眼神透露著

莊嚴崇高與悲天憫人，那正是歐洲十九世紀Romantic的縮影！在啟蒙的時代裡，貝多芬以音樂刻劃了意識深層的交響。書店一隅孑然獨立的身影，和剛毅而憂鬱的眼神，已精準地為人文主義的時代價值，豎立起永恆的文字塑像。

愛的主題變奏
——貝多芬的音樂與文學

　　世人都知道貝多芬以卓越的才華寫下《英雄變奏曲》。音樂家在持續惡化的聽覺中，編織了十五個華麗而浪漫的夢，每一個夢都安穩地睡在主題序奏的低音眠床上。夢裡的高音旋律線，如纏綿的閃光彩帶，舞動起靈魂深處的深情與絕望，幻化為四聲部的完整主題，讓原本古典輕靈如小天使的鋼琴小品，一變而成為氣勢輝煌燦爛的協奏曲女神。投入她的懷抱，我們都是音樂殿堂的貴胄，而曲終的賦格又讓貴族生出金色的雙翼……。

　　世人也都知道貝多芬身後留下三封情書，在短短一天的光景裡，作曲家從匍匐的現實生活，攀升到月光與森林的高度。那只求真愛，不論身在何處的極至浪漫，在第一封信裡已露端倪，旅途的顛沛使他憂愁的情思如低音泣訴。直到第二封信才吟哦出滿腔的思念：「無論妳有多愛我，我對妳的愛總會比那更深。……妳離我這麼近，卻又那麼遠！然而我們的愛情，不正是一座屋宇，堅實如蒼穹？」

　　緊接著第三封信，音樂家的情愫搖漾於初醒時刻：「人還在床上，思念已經飛向妳。我甚至想飄流遠方，直到我能投入妳懷抱的那天再回來。到那時，我才能說，我又回到了故土。」曲終，音樂家以最澎湃的情潮湧流出全曲的強音，那是永恆而扣人心弦的屬名！——永遠是妳的，永遠是我的，永遠是我們的。

作家和他的生活

——傳記的解消

　　世間最狂熱的貝多芬崇拜者之一，是十八世紀末出生於捷克的作家辛德勒。他在一八四一年與貝多芬結識後，便經常與之往來。尤其是貝多芬過世後，辛德勒大量地蒐集他的談話簿、信件、樂譜和草稿，並為世人撰寫了首部《貝多芬傳》，文中強調自己與音樂家共同起居，因此掌握了許多獨家。

　　或許是媚俗情感的驅使，辛德勒帶上能夠滿足世人與自己的眼鏡看貝多芬。也或許是十九世紀浪漫主義思潮的推波助瀾，辛德勒起筆便將貝多芬推向神聖化的高峰。我們今天對樂聖的許多印象，都由這部《貝多芬傳》奠定。諷刺的是，貝多芬本人在家書中，對這號人物卻極盡謾罵輕蔑之能事！

　　同樣出身捷克的作家米蘭‧昆德拉，卻向來認為小說家與眾不同之處，正在於他們不喜歡談論自己的生活，他們永遠是在文學和藝術的世界裡，比在現實生活中表現得更出色。於是他們拆掉「自己」這座房子，用那些磚石另外建造一所屋宇——他們的作品。而傳記作者卻偏要解消那些作品，再試圖還原作家曾經拆掉的。

都是些傻話

——莫札特的深情

「唔，親愛的，我想我寫的都是些傻話（至少在別人看來是這樣），但對於傾心相愛的我們來說，這可絕不是傻話。今天是我離開妳的第六天，老天作證，這六天彷彿是一年。」

莫札特，普世公認的天才音樂家，三歲即彈奏鋼琴，四歲能寫鋼琴協奏曲，五歲正式公開表演，九歲創作了人生第一部交響樂，於短短的三十五年生涯中，寫下四十八部交響樂、二十七部鋼琴協奏曲、二十部歌劇，以及許許多多彌撒曲、奏鳴曲和重奏曲。最高紀錄是在六週內寫出三部交響樂。卻在婚後的九年內因為負債累累而搬家十二次。

他六歲時在維也納百泉宮，對年齡相仿的瑪麗公主（日後的法國王后）發下豪語：「等我長大了，一定娶妳！」卻在二十六歲的冬天，窮得連烤火的炭錢都沒有，只能抱著帶病的妻子康斯坦莎，圍著空壁爐跳舞取暖。他的樂天奔放，他的高貴典雅，他的詩情畫意，他的悲愴激切……，彷彿富人衣袋裡取不盡的金銀，供他揮灑曠世才情。

愈是在世道艱難，馬不停蹄離家奔波的日子裡，他每天早上拿出妻子的小畫像，喃喃地對她說：「早安，我的漂亮寶貝，小黃毛丫頭！」又在深夜的旅途中，將畫像塞回包包裡，趕忙說聲：「晚

安，小老鼠，祝好夢！」我們還能想像這世界有什麼樣的創作，超越得了情人間的傻話？

和、敬、清、寂

尋常 人家的世俗器用

　都 在歲月之流的淘洗與沉澱中

　　散發 素雅寧靜的詩意

和、敬、清、寂
——日式美學與素樸精神

　　日本禪學灌注於茶道儀式中，使茶、花、繪畫、室內景觀與建築藝術，揉合成獨具意義的宇宙觀，傳達了素樸與精洗鍊的美學精神。「侘」（wabi）代表茶室中閑寂、素樸的空間感；「寂」（sabi）意指古典、優雅的藝術；「澀」（shibu）則有內斂、簡約之意。將藝術的極至表現，回歸尋常人家的生活裡，一切世俗的器用都在歲月之流的淘洗與沉澱中，散發素雅寧謐的詩意。

　　素樸精神傳達出一種屬於東方的智慧之美，在此傳統美學觀念中，最好的設計是儘可能呈現最少的元素。以日本皇宮為例，它的低調美感與素淨淡雅的外觀，看來就像尋常百姓人家，與自然山川、人情風土達到和諧的對位關係，完全不具有耀眼凌人的霸氣。於是它古樸的性靈之美，就在沉潛中自然呈現獨特優雅的韻味。

　　日本的茶道儀式首先講究主、客和諧相待，以及人與自然調和無間的狀態。因此茶室中的觸感、香氣、光線與聲音，便共同營造出人我、內外合一的情境。席間，人對器物的珍惜之意衍伸出「敬」的謙沖態度，因為出於尊重，於是在整體儀式中懷抱著一塵不染的純淨心思，不外放、不張揚，留意每一個細節，甚至將水分享給一旁的蕨類植物。而茶室中的花藝也如同在原野中生長時的姿

態，以忠於本性為原則，使它在簡單、自然的形象中，予人永恆的
意境。

「粹」之華

——日本女性的纖巧與美麗

　　二十世紀初，日本哲學家九鬼周造因長期旅居歐洲，反而對日本文化萌發了深刻的體悟。他以敏銳的洞察力和對西方現代哲學的相當造詣寫下《「粹」的構造》，以現象學重新掌握江戶時代遊廓狎妓的審美意識。書中以姿態纖細而通達人情的美感，傳遞日本傳統觀念對女性美的一種幾近瘋狂的信念。纖巧的體型同時暗示著體的衰弱與靈的力量，而淡妝的臉孔與出浴起身的姿態，則更使人在自然流露的嫵媚之間，體會「粹」的底蘊。

　　與九鬼周造大約同時的文學家谷崎潤一郎與川端康成，也不約而同地以「粹」的麗姿來塑造小說中的女主角。《細雪》故事中的三姊妹在錦帶橋賞花時，令人禁不住想為之吟詠和歌。其中最具日本韻味的是排行居中的雪子，她纖細苗條的體型和略帶寂寞的面容，反倒要華麗的和服才能與之相配。而九鬼周造同時認為穿著和服時，「拉下後衣領」露出粉白的後頸與髮鬢，也是「粹」的藝術。

　　於是我們得以欣賞川端康成在《美麗與哀愁》裡，讓慶子穿上樸素的和服，鼓形帶上繪飾出綠色的山濤，以及淡淡暗紅色的晚霞。當她背對太一郎時，那捲起的後髮與細長白皙的脖頸，在服飾

的襯托下，曾經一度「迷住了太一郎的眼睛」。而沐浴後，未施脂粉的白嫩臉頰，則換得了大木先生「一個長長的吻」。

吃下死亡的可能

——河豚的美學

　　在許多文化的綜合比較中，我們不難發現「品味」（taste）一辭具有多重涵義，其中包括了敏銳的觸碰與試探。品味高的人經由不斷地嘗試，將生活上各項事物的精粹意義提煉出來，使我們逐漸意識到人人耗費一生所追求的價值所在。「品味」因此也就成為人類的意識在物質中所創造的偉大詩篇，千百年來為人類追求自我的實現，鋪上了險峻崎嶇的水晶磚石。

　　以飲食的品味為例，在日本，最難得的美味是生魚片，其中尤以雪白生脆，在盤子上排成花朵的河豚生魚，最需要精心處理。河豚含有劇毒，能使食客在進餐中當場死亡，又因為它是一種使人神經麻痺的毒，因此許多人可能在下葬前又起死回生，然後詳細描述自己的葬禮。因為當時他們想拼命大喊自己仍活著，卻動彈不得。

　　世界上還有什麼樣的食物，能讓我們吃進死亡的可能，並體驗自己的葬禮？也讓我們認識了死亡時刻所閃現的人性？像刺激的俄羅斯輪盤賭博，卻仍有許許多多老饕為此深深著迷。在古埃及、中國和日本均有文獻記載河豚的料理，以及它的毒性。而最受推崇的師傅則能夠留下微量的毒素，使人在享受清甜的口感時，唇舌微微地發麻，彷彿死神剛剛親吻了你的齒頰。

也許是因為每一個人總有一天都會離開這個世界，於是人類在潛意識裡對死亡深深地著迷。

書寫之美

——纏綿的寫作姿態

　　古典世界裡描寫女性優雅的姿態，以纖細的筆致，達到視覺記錄中蘊含情意纏綿的作品，可以日本平安朝後宮女官清少納言的《枕草子》為代表。

　　這位隨侍在中宮身旁的文學女性，以簡淨、閑寂的隨筆藝術，展現宮廷生活四時晨昏的瞬間美，以及女性運筆速度柔緩的特殊技法。尤其是文中描繪女性寫作時典雅蘊藉、楚楚動人的神情，每每令人神往。

　　在〈淑景舍〉中，作者記述自己曾在柱子和屏風間，偷偷欣賞一位非常可愛的東宮女御，在眾人催促下動筆寫回信的神色。只見她穿了多層深淺紅梅的襯袍，外罩紅綾蘇枋（紅裡帶黑）加上淡綠織紋的唐衣，凝神不動的姿態顯得非常端麗。

　　這時關白大人開口道：「是因為我在場看著，妳才不肯寫信吧？」淑景舍臉上飛起一朵紅暈，微微一笑。清少納言忍不住在心中讚嘆：「太美了！」接著老夫人也催促她：「快寫。」於是她轉身背對眾人開始寫信，又因為老夫人湊到身旁，她就愈來愈害羞了……。作者深情地捕捉了這個從背後看見女子含羞的美妙時刻。

春之歌、花之情
——《枕草子》的文化空間

　　「春天黎明很美，夏季夜色迷人，秋光最是薄暮，冬景盡在清晨。」日本平安時代後宮女官清少納言，在她傳世的隨筆小書《枕草子》裡，開宗明義便對四季風光獻上一篇充滿情意的讚詞。她在後宮仰望天空，欣賞彩雲逐漸變得纖細，直到拖成長絲橫臥蒼穹；她為了夏夜裡有銀光閃爍的群螢而開懷；也曾動情於落日貼近山巔時，烏鴉歸巢的景象；年終，又在大雪紛飛、嚴霜鋪地的日子裡，捧著火盆，穿過走廊……。

　　在〈最是七月炎熱天〉裡說道，四處門簾都打開，連夜裡也敞著。人們在睡夢中忽然醒來便可眺望明月，真是非常開心！即使夜晚不見明月，那清晨朦朧的下弦月，仍是美得無可言喻。此時一張嶄新、鑲邊的精緻單蓆，勝過非常鮮豔的三尺屏風和精雕几帳。女人常在男子外出後，穿著淡紫色絹織斜紋的香染單衣，臥在新蓆上晨睡。深紅色的絹褲上，繫著一條特別長的腰帶，從衣服下端延伸出來，給人一種彷彿放鬆開來的遐思。女人的髮絲綿密而細長地披散在她的身旁，枕邊還放著一把樸木骨架、紫色紙面的小扇，以及一疊淡藍色、小小的檀紙，紙上有暗香浮動，那薰息彷彿正緩緩地流向屏風。

　　天亮後，出外的男子折了一枝帶著晨露的胡枝子，附在剛剛寫好的信上，似乎也曾輕歎：「簾外五更風，吹夢無蹤。」

人生的難題

若說，我人生最初所遭遇的難題

是有關「美的事情」

也 不算過甚其辭

人生的難題

——美

　　「若說，我的人生最初所遭遇的難題，是有關『美的事情』，也不算過甚其辭。」日本文學家三島由紀夫在《金閣寺》裡，將那美得令人銷魂的建築藝術，視為這世界動盪不安的本源。這座玲瓏精巧的巨大工藝品，使小說主角一生陷入對「美」的存在，產生焦躁不安的情緒。

　　故事發生的那年夏天，日本戰敗的消息接二連三，然而金閣寺卻像得到了滋潤，愈發顯得光輝燦爛。她像一朵沾上露珠朦朧透光的夏季小花，又像山巔湧起的朵朵烏雲，夾雜隆隆雷聲，山際一線的金光閃耀，愈顯其蒼涼悲壯之美。「第一次參觀金閣寺，覺得她的細部和全體，像音樂似的相應交響著，現在則覺得她是完全的靜止，完全的沉靜。那裡頭沒有一件是變動無常的東西。金閣像是音樂中令人恐怖的休止符，在嘹喨的鳴響中突轉靜寂而屹立著。」

　　戰敗的陰霾瀰漫成濁重的生活底色，就在日本人都說一切價值已告摧毀的那個火焰般的夏日裡，人們只需遙遙一望金閣寺，「永遠」，又告復甦。「美麗的景色是地獄呵！」金閣寺彷彿一座優雅的陵墓，她憑藉著想像力而誕生。人間的白骨與深秋的楓紅，將她點綴得更像一艘航行在「時間之海」的美麗屋形船。她實現了日本

人賞愛瞬間凋零的美，其短命如蜉蝣，空靈得就像剎那即消散在空中的動人旋律。

在妳黑色眼眸裡瞬間潰散

——夏目漱石的「夢」

　　愛情，如何訴說？失戀又該如何解脫？

　　一百年前，日本作家夏目漱石將他的十個夢境，遺留給一百年後仍然癡迷於愛情的人。他的第一個夢即淒然如飄零的花雨。在夢裡，女子仰面低語：「我快死了。」從她柔美的臉龐、紅潤的雙唇透露死訊。「她那雙水汪汪眼眸上的細長睫毛裹著一片漆黑。我看見自己的身影鮮明地浮現在那雙黑亮的眼眸深處。」所有愛情的唯一命運是死亡，而站在愛情墓園裡，久久不忍離去的世間癡情者，僅能以珍珠貝殼掘墳，以星星的碎片拼貼墓碑，用生命最純淨的淚眼和靈魂，親手埋葬愛情。怕的是，徘徊愈久，傷害愈深……。

　　愛情走了，在記憶的土堆裡，有許多不忍回顧的美好時光，隨著太陽升起，又再度落下，在紅日東升西沉裡，我們也許要等上「一百年」，才能重見愛的微曦。失戀者陷溺在愛情逝去的那一刻，強烈的痛楚如同看見自己的身影在她的眼眸裡瞬間潰散。「彷彿靜止的水突然開始流動，模糊水中的倒影。」人們試圖捉住愛情的裙角髮梢，佇足凝睇水中凌亂的倒影，在每個日升日落間哀傷自憐。

直到某一刻，墓石下方突然緩緩綻放出一朵百合的蓓蕾，教我們情不自禁地親吻那滴著冰涼露水的白色花瓣，我們這才不經意地望向天際。而此時星星閃爍的四周，已是一片拂曉的天空。

問問枕頭睡著了嗎？

——谷崎潤一郎生活在《源氏物語》的情調裡

　　在森林裡的小徑上，徐徐前行。經過一道窄窄的石橋，橋下河水清澈潺湲。過了橋，五位庵就在前方。它從前是鷺鷥的家園，現在，石板路的小巷深處矗立起杉木正門，左右竹聯寫道：「林深禽鳥樂，塵遠竹松清。」

　　進入正門，千坪大的林園，映現眼前。走近府邸，拉開玄關的紙門，從東到南，長棚避開了日照，沿著勾欄式的套廊走近水邊，池水從野木瓜葉下穿過，流經春天的八重棣棠與秋天的秋海棠，在青竹筒做成的「添水」裡，累積到相當程度後，「咚」的一聲，繼續往池子裡流。

　　池邊仿古的茶室與合歡亭，是從前主人嗜茶、與世俗往來的地方，現在則適合畫寢、讀書與習字。女主人在此以正宗古法墨流波紋的染紙書寫和歌，字體夾雜許多萬葉假名，現代人多已看不懂這樣多漢字的厚實字體了。寫著寫著，她又走到池邊以麩皮餵魚……。多年後，使人想起：「洗硯魚吞墨」的句子。

　　夏日昏黃的光線從地板延伸到水邊，廚房有切菜聲，添水竹筒下有冰鎮啤酒，女人把腳泡在水池裡，水中的腳比外邊看到的更美！小小的，純白的腳，該有許多魚兒在四周嬉戲才好！

晚間，寢室的睡鋪已經鋪好，母親的髮香在孩子將睡的鼻息間
輕輕圍繞，遠處添水的聲音，咚！咚！隔著雨窗隨人入夢。乳母順
口唱著：問問枕頭睡著了嗎？

美麗，輕輕擴及全身
──文學家的飲食與冥想

　　日本作家谷崎潤一郎在《陰翳頌》裡，盛讚剛炊熟的純白米飯，以黝黑的木器裝盛，在熱騰騰的氤氳裡，那一顆顆泛著珍珠光澤的米粒，是日本人無上的珍寶。許多人以為，日本料理與其說是用來吃的，毋寧是用來看的。谷崎對此，只想進而補充：「日本料理不只是適於看，更適於冥想！」面對溫熱的醬湯和廚房窗口的雜樹林，小說家太宰治總在莫名的瞬間，想起過去、現在和未來……。

　　也是在盛飯的時候，太宰治筆下的「女生徒」感受到某種東西在體內不安地動盪著：「該怎麼說呢？我想應該是哲學的尾巴！」作家一旦放任生命中某個與飲食連結的時刻，那頓然興起的不尋常感覺，舒服得竟像「以一種搓涼粉時的柔軟觸感」，慢慢地衝擊生命。那時，輕柔而沉靜的美麗，輕輕地擴及全身，使作家本人覺得自己像貓，一聲不響地憑感覺持續下去。

　　「據說茶人可由茶水鼎沸的聲音，聯想到山頂的松風，而遁入無我之境。」夏目漱石在《草枕》一書裡，更讚美黑黝如玉的茶點──羊羹。「羊羹的色澤不也正適於冥想嗎？半透明的表層，彷彿要將陽光吸收到內部深處一般。」這如夢似幻的微光，與京都古色古香的料理屋具有同樣調和的色澤。當我們含上一口甜涼滑溜的羊羹，頓時，整座和室的熹微與閑寂，都化作淡淡的沉思。

唯有書寫 || 關於文學的小故事

命中注定的沙風暴

我們 必須通過生命中一場又一場的沙風暴

強大的 壓力迫使墨藍色的字跡

像 刺青般地刻寫進心底

命中注定的沙風暴

──所謂寫作

　　「有時候所謂命運這東西，就像不斷改變前進方向的區域沙風暴。你想要避開他而改變腳步。結果，風暴也好像在配合你似的改變腳步。你再一次改變腳步。於是風暴也同樣地再度改變腳步。好幾次又好幾次，簡直就像是黎明前和死神所跳的不祥舞步，不斷地重複又重複。你要問為什麼嗎？因為那風暴並不是從某個遠方吹來的與你無關的什麼。其實，那就是你自己。那就是你心中的什麼。」村上春樹在長篇小說《海邊的卡夫卡》裡，寫下這段充滿意象的文字。

　　有時候，「寫作」這東西也像不斷改變前進方向的沙風暴。它讓我們無可迴避地邁向風暴核心。那裡面可能沒有太陽、沒有月亮、沒有方向，甚至連正常的時間都沒有。然而也就在這非常強烈的沙風暴裡，我們把煩雜事務忘得乾乾淨淨，甚至連自己是誰也忘了。到那時，記憶深處的歡笑與哀愁、希望與絕望、自信與孤獨、光和影……，將一一浮現在細白的飛沙中。

　　我們實際上必須通過生命中一場又一場的沙風暴，強大的壓力逼使墨藍色的字跡，像刺青般地刻寫進心底。直到風暴消逝，我們也許還不太清楚它是否真的走了。然而從那風暴中出來的自己，已經不是踏進去時的人了。於是我們明白了從作家心中出來的那一點什麼，無論在任何意義上，都不只是故事而已。

雨滴中另有一個世界
——當作家發現了「觀察」

「當時我就讀國民學校四年級，好像發生了一連串對我非常重要的變化。」諾貝爾文學獎得主大江健三郎，回憶少年時代在語言表述與事物觀察之間得到啟發的契機。「那時我們曾步行一個小時左右，前往海邊的一個小鎮，遠足歸來後，老師要我們寫有關大海的作文。」然而十歲的大江卻只是寫道：「如果我家在海邊，波浪總會在眼前滾動，濤聲也將迴響在耳邊，那可就無法安靜地生活了。」

這篇不算優秀的作文受到了老師的批評。第二天早晨大江猶自沉浸在自憐的情緒中，信步走上了家屋後河灘上的舖石小道。柿樹林中的果實已經成熟，他一面吃著柿子，同時遠眺對岸的山峰，四周彷彿並未起風，而樹梢卻仍輕輕地逕自搖擺。此時，眼中映現出枝條上的露珠。「以前我認為靜止不動的山林，卻如此搖曳、擺動。我意識到以前從來不曾認真觀察過，也不曾仔細傾聽過，卻深信不疑地認為山中是寂靜的。」

無意間察覺柿樹枝頭閃爍的水滴，使大江健三郎從此以後的生活發生了巨大的變化，他開始熱心觀察和傾聽外界事物。藉由微微顫動的葉片，發現了整座動態的森林。「如果不認真觀察，就等於什麼也沒看。」在長時間地凝視雨滴之後，他寫下了人生第一首詩：「雨滴上／映照著外面的景色／雨滴中／另有一個世界。」

可愛變奏曲

——字面意義的多重轉折

　　日本作家太宰治的短篇小說〈女生徒〉，寫女學生剛剛喪父，卻在某一向晚時分攬鏡自照，看著小巧、紅潤而水嫩的嘴唇，與清澈的雙眼，讚嘆它與美麗的夕陽雙映交輝。這鏡裡的可愛容顏，亦或就是純粹的美，而不指涉任何道德意義。

　　早晨，女學生穿上繡著白色小玫瑰的新內衣，拎著可愛的風呂敷去上學。放學後與朋友琴子偷偷去美容院，卻對新剪的髮型不太滿意：「我真是一點都不可愛。」但琴子卻滿心得意，女學生不得不感嘆：「她真是一點心機都沒有的可愛傢伙。」一進門，小狗將比正咬著牙吃東西，「有什麼比咬著牙的將比更可愛的呢？」之後，她一邊洗米一邊想著：「媽媽真是可愛得令人心疼，我一定要好好珍惜她。」

　　作家連用「可愛」（かわいい）一詞，有時純粹形容小巧，有時興起天真爛漫、笨笨的卻又討人喜歡……，等諸多情緒與意象，甚至也有略帶輕視與哀憫的心情交織其中。單純的詞彙往往耐人尋味，想不到夢囈般的內心獨白也能帶領我們，做一場語言的多層次印象之旅。

靈光乍現

——強烈的創作衝動

　　「我常常專注於傾聽自己身體內的聲音，它使我有一種與天地合而為一的感覺。」舞蹈藝術家劉鳳學，常以享受孤獨的心，迎接靈感紛呈的時刻。讓一波又一波的創作慾望，與體內的聲音相互激盪，轉眼微波翻騰成巨浪。「有時內心所期待的舞作尚未完成，而另一波巨浪已在積蓄。」這真是創作者的經驗談！作家面對萬千世界，諸多紛雜、片段的影像盤旋在腦海裡，它們自動調適，卻也彼此傾軋，於是創作過程無異於一場自我的搏鬥戰。

　　日本文學家太宰治也形容靈光乍現時的情景：「體內有某種東西咻咻地跑來跑去，應該是哲學的尾巴！一旦放任這些思緒，腦袋和胸口就會開始變得透明，生命中輕柔的沉靜，以一種搓涼粉時的觸感，慢慢地衝擊著我，美麗而輕輕地擴及全身。」

　　十九世紀俄國作家果戈里，則描述與靈感迎面衝擊時，思想像是「一窩受驚的蜜蜂」，不斷地騷動起來，使他的想像力越來越敏銳，而且全身感到了甜蜜的戰慄。這時，作家們忘掉一切，不由自主地進入那全新的生命旅程。

歡笑如夢

水光^{山色與人親}

說^{不盡}

無窮^好

暖金盤裡點酥山

——唐代的冰淇淋

　　「暖金盤裡點酥山，擬望君王仔細看。更向眉中分曉黛，岩邊染出碧琅玕。」晚唐五代詞人和凝，如果生於現代都會，大概也喜歡於炎炎夏日裡，待在冰淇淋店閱讀和寫作。他的詩詞幾番提到甜甜涼涼的酥酪，那滑潤細膩的口感，與瑩白光彩的視覺饗宴，使作家沉溺在雪岫冰峰中，享盡了清涼好滋味！

　　北中國大地早在十六國南北朝時代，即因游牧民族相繼入主中原，而使一般百姓在飲食中添加了大量的乳製品。特別是以酥酪添加在茶水中，泡沫與奶油一同迴旋，猶如杯中的舞會，「旋沫翻成碧玉池，添酥散作琉璃眼。」唐人喝茶時常拌和著奶油，形成碧玉池與琉璃眼的擁舞，其風味應不亞於歐洲奶茶。

　　入口即化、甜蜜柔滑的油酥，於大型的冰窖裡，以低溫環境製成巍峨璀璨的「酥山」，最後捧握於女性的纖纖素手之中。文學裡的女子將柔軟的酥酪淋、瀝、滴、點在盤子上，設計出各種精巧的造型：有時染成退紅，遠看恰似一架珊瑚；偶爾描成綠黛欄杆，儼然就是精巧的造型藝術！當它出現在氣派堂皇的宴席上，立刻成為賓客矚目的焦點。時尚的酥山造型，配合暑天專用的清涼竹蓆，還有宮廷畫院新製的荷花壁畫……。在花間詞人和凝的描述下，一千多年前，夏日的宮殿即景，頓時化作一陣清風，拂過人們嚮往的臉龐。

漁歌入浦深

——作家晚年的心境

> 晚年惟好靜，萬事不關心；
> 自顧無長策，空知返舊林。
> 松風吹解帶，山月照彈琴；
> 君問窮通理，漁歌入浦深。

　　王維，盛唐詩人，生逢王朝輝煌耀眼的時刻，仕途也堪稱風光，人生未經喪亂，晚年的詩歌也飽含著他不與世爭的心境。真正甘心退隱，以自己的覺悟與調適，享受著山林的琴音與清靜。

　　老年是一首豐富的交響樂，現代作家林語堂晚年在〈早秋精神〉裡寫道：「無論國家和個人的生命，都會達到一個早秋精神瀰漫的時期，翠綠夾著黃褐，悲哀夾著歡樂，希望夾著追憶。」生命到了某一時刻，春日的純真已成回憶，夏季的繁茂也餘音嫋嫋，這時候所瞻顧的不是如何奮鬥與成長，而是講究真誠度日，安下心來儲藏生命的熱力，等待放眼望去的冬季。「宛如一座失去夏日光彩的秋林，能保持經久的風貌。」

　　於是我們在王維的〈雪溪圖〉裡看到輞川的籬落、臺榭與村屋，如何在墨與水的漬染下，流露隱者動靜融通的幽澹詩意；也在

林語堂晚年的家常生活照片中，看到思想與智慧溫靄圓融的可掬笑靨。生命到了早秋時節，彷彿落葉隨風飛舞，只是那迴旋的樂章，既是歡歌也是輓歌。或許還是辛棄疾說得好：

> 少年不識愁滋味，愛上層樓，愛上層樓，為賦新詞強說愁。
> 而今識盡愁滋味，欲說還休，欲說還休，卻道天涼好個秋。

人間重晚晴

——李商隱的光影美學

　　唐大中元年，李商隱進入明媚的桂林任職。初到南方，而且又值夏初，人們的肌膚浸淫在清爽的空氣中，從幽居的小樓遠眺天光雲影，詩人開口吟詠：「深居俯夾城，春去夏猶清」，道出了此刻愉快的心情。

　　一陣小雨過後，天邊出現了難得的夕陽。「天意憐幽草，人間重晚晴」，老天爺只是疼愛清嫩的小草，不讓過多的雨水摧萎它。但是人們更珍惜晚春的氣象，和向晚天邊的雲霞。畢竟人生能得幾度夕陽紅？是非成敗轉眼成煙，只有青山依舊。

　　眼前這稍縱即逝的暮春晚景，尤其是在雨後，天地彷彿更高遠，更清朗洗鍊。生命歷經了幾番風雨，如果還能有點幸福的微光點亮心情，大概就像李商隱所說的「微注小窗明」。在幽僻的閣樓裡，唯有那扇雕嵌玲瓏的小紙窗，透進了朦朧明光，使高閣上的光線隨著每一刻光影的變化而靜靜地移動。

　　晚來放晴的微弱流光，傾注在小窗上，那是室內暗影中唯一的朦朧光源，象徵詩人心底的淺笑。也許那些光和影的溫柔交疊，才是人們對於生命最終的體認。

文人故里 · 天府之國

——蘇東坡故居

　　四川，中國文豪的故里。李白、杜甫、蘇東坡，在千年萬古的峨眉山峰蔭庇下，成就了超凡的文學功業。

　　這片土地為小山丘點綴在稻田、果園和菜圃之間，而形成沃野，永無水患且四季宜人。遊人沿著整潔的石板路，在優雅的竹林環繞間，步入大城眉山。那時我們將立刻發現這是個居家適宜的好地方，尤其是每年初夏時節，處處荷花盛放，置身其間，但聞馨香襲人。

　　有個叫紗縠巷的小弄，名字美得令人迷惘！那是詩人、書畫名家蘇東坡的故里。小住宅自大門進入，迎面出現一座油綠影壁，行人雖不易望見宅內景況，卻不難想像影壁的背後一定有個溫馨的三代同堂小家庭。在這花園之中，高大的梨樹、精巧的池塘與整齊的菜畦，種類繁多的花卉與果樹，還有青翠茂密的竹林，構成了中國一代文人，自幼年至成長時期，幸福美好的生活天地。

　　當他日後成為文壇泰斗，官居翰林學士知制誥，而舉家遷移到皇城開封之時，偶然也會想念四川老家，特別懷念他的老祖父。他在文章裡提及祖父年輕時生得高大英挺，酒量極佳，為人慷慨，荒年歉收時，往往開倉散糧。老祖父衣食無憂，有酒一樽，與人席地而坐，飲酒高歌以消遣時光。他的高雅不俗與自然質樸，令拘謹的人大為吃驚，卻是蘇東坡一生行事通達、無拘無礙的家學傳統。

海棠雖好不吟詩

——蘇東坡的文學趣味

　　有時候，我們想要了解一位一千多年前的古人，竟會比了解同住在一個城市裡的居民還更容易？！當五四時期的作家林語堂，遍閱了北宋文人蘇東坡的七百首詩和八百通私人書簡之後，他無疑是找到了心靈深處最渴望的莫逆之交。

　　誠然，李白更崇高，杜甫更偉大。李白是文學史上絢麗的流星，霎那間壯觀驚人！杜甫則是虔誠的文人，也是溫厚的長者，他以古樸的筆墨描寫豐厚的情思。然而只有蘇東坡，始終富有青春活力，像法國的大文豪雨果，同時具備政壇上的美名和文學界的盛譽。

　　林語堂在海外以英文撰寫《蘇東坡傳》時，特別引述一段話，說明文學本身對於作家的回饋，即是創作者最大的快樂：「我一生之至樂在執筆為文之時，心中錯綜複雜之情思，我筆皆可暢達之。我謂人生之樂，未有過於此者也。」原來自由創作時的自得其樂，才是文學千百年來留存於人間的真正理由。

　　蘇東坡經常在茶餘飯後作詩，寫得既好又快。有一回在黃州的宴席上，某一無名歌妓請他在披肩上題詩。蘇東坡因從未聽說過她，於是下筆的前兩句是：「東坡四年黃州住，何事無言及李琪？」大家以為此詩起得平淡，卻見他後兩句一揮而就：「卻似西

川杜工部，海棠雖好不吟詩。」對李琪的恭維恰到好處，也足以使
一名黃州歌妓永垂不朽了。

歡笑如夢

——李清照的四時行樂

　　記得那年初秋，菱花朵朵生香。詞人李清照和朋友們在臨水的亭閣間開懷暢飲，明明已經醉了，還下溪泛舟！果然「沈醉不知歸路」，一時興奮過度，小船衝進了睡蓮的花葉深處，無論向左向右都無法掙脫這場溫柔的懷抱。女詞人於是玩興大發，亂拍樂楫，結果「驚起一灘鷗鷺」。這是她最愛的季節，忍不住說道：「水光山色與人親，說不盡，無窮好！」

　　到了冬天，寒梅處處栽，最美的是半開粉蕊，如同嬌羞旖旎的小臉蛋，點綴在細膩光潤的枝枒上。自然界一定有位愛美的女神，故意讓明月清輝，玲瓏有緻地灑滿庭院，使雪地裡娉婷的梅樹，宛如美人出浴。這時最快樂的是不怕醉，「共賞金尊沈綠蟻」；最解酒的是「團茶苦」；最迷人的是「瑞腦香」。在陳釀、佳茗、濃郁的薰香氣息間，品賞一朵好花。

　　「春到長門春草青」，花影壓重門，採一點嬌豔的紅梅，配上碧雲色的綠茶，腦海裡浮現了晨間夢裡的殘影，也只是「驚破一甌春」。風兒柔柔地吹，睡起微覺寒意，卻不妨「夾衫乍著心情好」，讓春裝點染不一樣的情緒。女詞人說，這時節，睡前別忘了點上沉水香。

　　仲夏的夜晚，躺在青草地上數著群星，耳邊一片蟲鳴，心裡揣想：牽牛、織女此時相擁在濃雲圍繞的階梯上，是幸福嗎？或僅是「天上人間，關鎖千重」！

寶髻鬆鬆挽就，鉛華淡淡妝成
——宋詞中的美人薄妝

「又良久，見姥擁一姬，珊珊而來，淡妝不施脂粉，衣絹
素，無豔服。新浴方罷，嬌豔如水芙蓉。」

——佚名《李師師外傳》

北宋徽宗駕幸李師師的故事，在民間流傳極廣。從《大宋宣和遺
事》到《水滸傳》，更有南宋初期北方人所記述的〈李師師小傳〉刊
梓於當時。在《百部叢書集成‧琳琅密室叢書》中，則另有一篇〈李
師師外傳〉，詳細地描繪出當年宋徽宗趙佶與李師師初遇時的景況。

北宋徽宗大觀三年八月十七日那一天，皇帝偽稱趙姓商人，在
四十餘名內寺的護擁下，於向晚即將入夜時分，從東華門出，直奔李
師師的居處鎮安坊。雖然已事先送來出自內府的名貴珠寶與綢緞，但
是皇上幾乎整晚都不見師師踪影。李姥姥先請他吃水果，隨後又進
餐，並且單獨在他的耳旁款語多時，最後更肆無忌憚地請他入澡堂沐
浴，理由是李師師有潔癖！直到此刻，「而師師終未出見」。

直到深更，姍姍來遲的卻是一位素顏美人。這位新浴方罷，不
施脂粉，而著裝淡雅的女子，正是北宋第一名妓。皇帝經過漫長的
等待之後，於燈下凝睇物色，對於李師師的「幽姿逸韻」，發出令

人「閃爍驚眸」的讚嘆！後來，他在宮裡與眾嬪妃閒談讌坐時，抒發了自家對美的獨到領悟：李師師之所以迥然自別於眾宮眷，「其一種幽姿逸韻，要在色容之外」。

「寶髻鬆鬆挽就，鉛華淡淡妝成。紅煙翠霧罩輕盈，飛絮遊絲無定。」在宋徽宗之前，有仁宗年間的進士司馬光，累官至資政殿學士，以十九年的光陰撰成《資治通鑑》，成為歷史上著名的史學家。他的〈西江月·佳人〉，亦本為贈妓之作，卻寫得清新典雅，婉約脫俗。則大學士也賞愛淡妝女子，尤以詞中提及纖細浮動的佳人影容，頗使人聯想到曹植在〈洛神賦〉裡的描寫：「延頸秀項，皓質呈露。芳澤無加，鉛華弗御。」光潤如玉的容顏，無須粉白黛黑，即已呈現天生麗質的無限綽約風情。

於是，當年的司馬文正公也偶有風味不淺的興致，在這位淡淡妝成的無名佳人離去後，獨自品嚐著一種若有似無的人生情懷。「相見爭如不見，有情還似無情。笙歌散後酒微醒，深院月明人靜。」對於薄妝美人的賞味，揉合了詩人微醺的依稀情懷，點點滴滴的滋味以及對於美的感受，在深夜月下，化為滋潤心頭的清涼露水。如此多情，雋永佳人，確實勝過日日相見。而整闋詞的寫作風格也凸顯了作者在審美情感上，具有一種深深為幽姿逸韻的氣質所吸引的傾向與偏好，司馬光對薄妝美人的深細情思與宋徽宗對李師師的驚豔，同時也是文學家自我意識的延伸。另一位同時代的偉大文學家蘇東坡，也對薄妝女子衷情。他曾修改了後蜀後主孟昶一闋歌詠「夏夜」的詞——〈洞仙歌〉。將男女依偎池邊，享受溽暑消散的愜意舒爽。以薄妝美人的意象書寫半夜甦醒，不顧梳妝打扮，趁著夜涼如水，消散暑氣的美人，重新展現了愛情與夏夜兩相結合的美妙新境。

「冰肌玉骨，自清涼無汗。水殿風來暗香滿。繡簾開，一點明月窺人。人未寢，敧枕釵橫鬢亂。起來攜素手，庭戶無聲。時見疏星渡河漢。試問夜如何？夜已三更。金波淡，玉繩低轉。但屈指西風幾

時來，又不道流年暗中偷換。」據《花庵詞選》所敘：「公自序云：『僕七歲時，見眉州老尼，姓朱，忘其名，年九十餘，自言嘗隨其師入蜀主孟昶宮中。一日，大熱，主與花蕊夫人夜起，避暑摩訶池上，作一詞，朱具能記之，今四十年，朱已死久矣，人無知此詞者，獨記其首兩句，暇日尋味，豈洞仙歌令乎？乃為足之云。』」月明三更時刻，人不寐，以釵橫鬢亂，享受著涼風透骨。

　　清代周濟於《介存齋論詞雜著》中，曾對溫庭筠、韋莊和李煜等三家詞做出評論：「王嬙、西施，天下美婦人也。嚴妝佳，淡妝亦佳，粗服亂頭，不掩國色。飛卿，嚴妝也；端己，淡妝也；後主則粗服亂頭矣。」此語主要在以「粗頭亂服」形容李後主的詞具有「天生麗質難自棄」的自然美。在詞的文學風格裡，亦有濃妝、淡妝之分，然而其美學境界恐在素顏之下。〈洞仙歌〉一詞背景源自夏夜暑熱難眠，花蕊夫人以「釵橫鬢亂」倚欄池邊乘涼，這一幕情景為蜀主孟昶所捕捉特寫。在《墨莊漫錄》裡又記載著：「東坡少年遇美人，喜〈洞仙歌〉，又邂逅處景色暗相似，故檃括稍協律，以贈之也。」經過五代至宋，蘇軾所見情景和古人相似，在水閣邊與卸了晚妝、趁夜乘涼的美人相遇，於是將孟昶當年的作品略一修改，以抒發自己當下的情懷。古詩十九首之十云：「迢迢牽牛星，皎皎河漢女。」花蕊夫人與東坡少年時期所遇見的美人相遇，雖然不飾脂粉，卻有滿天閃爍的繁華星子為其故事揭幕，其間所隱含的神秘愛情典故，亦以文學想像作為粉妝鉛華，為這些素顏女子增添了世間難得的迷離夢幻之美。

　　與東坡詞風格窘別的婉約派代表詞家賀鑄，在〈薄倖　春情〉一詞中，首句即云：「淡妝多態。」將春濃酒困，懨懨無聊賴的多情美人，因情人不在而懶得上妝的情態，做一番意識流的獨白鋪陳。她記得當初在畫堂相見，彼此輕顰淺笑，琴心相許，之後又「向睡鴨爐邊，翔鴛屏裡，羞把香羅偷解。」此後卻無緣再見，

「往來卻恨重簾礙」，自二月春日放燈之後，女子惆悵落寞的情緒直升，不由得自問：「約何時再？」〈薄倖〉一詞，遂藉由日上花梢，始慵倦睡起的淡妝女子，描摹素顏之美的另一種情態，詞中刻畫的女子失戀嬌弱情態，直追花間一派。至周邦彥的〈解語花　元宵〉，則又敘述了另一個熱鬧歡騰的夜晚，薄妝女子的出現對詩人詩興的啟發。元夜花市燈節下，簫鼓喧闐、路飄香麝，眾人嬉笑遊冶，車馬飛蓋相追隨，周邦彥的目光並不追隨那些濃妝豔飾的女子，而把焦點集中在一身淡雅的倩影上：「素娥欲下，衣裳淡雅，看楚女纖腰一把……。」則清真詞不僅精通音律和善於鋪陳勾勒，同時亦透露其愛美的旨趣不隨時俗，而自有清雅的見解。

宋詞中薄妝美人的風情，令人聯想起同時代宮廷裡最珍貴的藏品──汝窯青瓷。那樣含蓄醞藉的單色釉質，如同千峰翠色，雨過天青。使人不住地愛憐其澄瑩如玉，素潔似冰。這樣的時代審美文化特質形成了統整性的美學課題。〈李師師外傳〉記載這位素顏的女主人公善鼓琴，尤以〈平沙落雁〉和〈梅花三疊〉為最。其撫琴之際，「輕攏慢撚，流韻淡遠」，使宋徽宗「不覺為之傾耳」，遂終夜忘倦。古琴大音稀聲之美，與淡妝多態的自然韻味，以及溫潤素雅的青瓷，交互輝映出有宋一代，中國文人的審美意識。

世人的目光總是如此一往情深，眼波不住地追隨那些彩雲捧珠、五色鮮荧的錦繡佳人。然而生命如花，繁華似夢，流年往往暗中偷換。就在濃酒消愁、亂花狂絮的時節裡，最引人感傷無奈的，還是春留不住；到頭來，所有良辰美景都算虛度。「一場寂寞憑誰訴，算前言，總輕負。」

北宋史學家司馬光，累官至資政殿學士，以一部大書《資治通鑑》而名垂不朽。當他在夜闌人靜的時候，想起心目中的佳人，卻是一位如楊花飛絮輕輕飄落人間的薄妝美人。〈西江月・佳人〉云：「寶髻鬆鬆挽就，鉛華淡淡妝成。」輕妝如水的女子，予人麗

質天生、幽姿獨韻的印象。她的衣著如紅煙翠霧般輕盈，而其行蹤在詞人的眼裡，也就特別纖細得猶如空中浮動的游絲。

愛情總在想念中，留給世人最纏綿的意象。也許是所有的畫堂合歡、風月逢迎，終了都難免人在而情遠，多情只落得搖搖幽恨難禁。舊歡如夢，怎不令人落寞斷魂？

也許是看盡舊情衰謝，也許是感嘆年光一瞬，史學家並不願深鎖多情，「相見爭如不見，有情還似無情。」朦朧的情愫，彷彿夢裡一隻靜謐的小舟，在深夜裡，清閑地劃過滿湖的波光煙月。舟中人嗅著薰風帶來的馨香，卻不見花開，只在想像中任花漂泊。最美的是，酒醉初醒，還記得欣賞太空中永恆不滅的新月。

時至宋末，猶有詞家張炎以一闋〈水龍吟　白蓮〉，來表明心跡：「仙人掌上芙蓉，涓涓猶滴金盤露。輕妝照水，纖裳玉立。飄飄似舞，幾度消凝。滿湖煙月，一汀鷗鷺，波明香杳。渾不見，花開處。應是浣紗人妒，褪紅裳，被誰輕誤。閒情淡雅，冶姿清潤。憑嬌待語，隔浦相逢。偶然傾蓋，似傳心素。怕香皋珮解，綠雲千里，卷西風去。」水中芙蓉如素顏美人，輕妝照水，而馨香流遠。張炎以詞自況，果然在宋亡之後，詩人猶如一片山中的白雲，潛跡不仕，縱遊東西，而落拓以終。正是寧靜致遠，渾不見花開的一朵新雅白蓮。

閒筆不閒

作家 看似漫不經心的敘事

　　卻恰好 觸碰到了

　　　　主角 內心深處的空落與憂鬱

獨具慧眼的「閑筆」
——小說中傳神的細節刻畫

　　小說家往往以細膩刻畫的生活細節，使讀者在看似漫不經心、微不足道的敘事中，恰好觸碰到了主角內心深處的空落與憂鬱。

　　《三國演義》最著名的戰役——赤壁之戰，即將傳神的細節作用推向了藝術化的極至。當時孫曹兩家隔岸對峙，曹操大軍，自來破荊州，下江陵，舳艫千里，旌旗蔽空，其耀武揚威堪稱不可一世；而周瑜一方，則是先在群英會中計誘蔣幹，借刀殺了敵營兩名主將，並接連祭出苦肉計、詐降書與連環計。正當勝負難分難解之際，作者卻忙裡偷閒，輕靈地拉出一道江山如畫的劇幕，以配合男主人公獨自憑闌的一場內心戲。

　　原來是一陣風，輕輕拂過了周瑜的臉龐，卻颺起了大都督無限沉重的心事。這一向慘澹經營地謀畫良策，眼看與曹軍對決之勢已成。究竟鹿死誰手？關鍵只在一場風。「只欠東風」看來彷彿只是畫過公瑾臉上的一抹憂鬱，卻是東吳戰術上的一大落空。它是一片小小漣漪，卻承擔了大戰的波濤。難怪閱經風浪無數的名將，竟為了一陣拂過臉龐的西風，而吐血倒地。

死戰與不戰

──敘事觀點的調遣

　　《三國演義》以戰爭為主題，運用了歷史名人的風華盛事與作家的文學想像，將百十場戰役曲盡筆墨變化，造成亂世中勝境迭見的敘事大觀。以歷史的眼光解讀戰爭，勢必分析戰爭對歷史局面的推移與影響。若從文學的角度觀看戰爭，則必鎖定人物描寫的神采。

　　《三國演藝》第四十一回寫劉備潰退於當陽長坂，先是被曹操精騎追剿得一干人等不知下落，接著糜芳帶箭來報：「趙子龍反投曹操去了。」這是趙雲的正式登場，故事隨即製造了一個劉備信任，眾人疑惑的心理張力。敘事者先透視了趙子龍的內心，使我們明白他因為在亂軍中失散了主公託付的家小，因此無意生還，接著由他的眼睛帶領讀者進入一片殺戮戰場，在荒草頹井間救下少主，以出生入死、衝殺敵陣，完成使命。

　　緊接著敘事觀點轉移到乘勝追擊的曹軍身上，眾人見張飛一人屹立橋頭，背後是他馬尾揚塵之計，數聲大吼，曹將肝膽俱裂，曹兵自相踐踏，敵軍頃刻間兵敗如山倒。作家下筆如同將軍指揮作戰，動靜之間已暗中調遣了讀者的審美視角。

以智襯智，以強襯強
——人物形象的正襯寫法

　　《三國演義》的評點家毛宗崗，曾將小說裡人物形象的互相映襯，分為兩種典型：其一是以相反的形象來彰顯彼此的差異；另一種則是在同類型的人物群像中，對照出「天外有天」的藝術新境。

　　事實上，《水滸傳》第四十五回的回首總評裡，也有一段相似的文字，將這種寫作技巧與文學理念，說明得更清晰：「譬如寫國色也，以醜女形之而美，不若以美女形之而覺其美；寫虎將者，以懦夫形之而勇，不若以勇夫形之而覺其更勇。」正襯的寫作手法，有時確實能收到比反襯更為突顯人物形象的藝術效果，例如：《三國演義》孔明三氣周瑜的故事，便以周瑜的智慧之燈，映射出孔明雪亮的神通。

　　讀者在反間計、苦肉計，以及火燒連環船等諸多情節裡，看到周瑜所有高明的謀略，在在落入孔明的掌握。他屢次設計陷害孔明與劉備，卻反被折辱，最終落得「賠了夫人又折兵」，吐血而死的悲慘窘境。慨歎瑜亮情結之餘，我們其實也該佩服作者「以崇高對照崇高」的特殊筆力，將智者的形象發揮得淋漓盡致。

「纖巧」新主張
——明代中葉的浪漫主義

　　我們很難對情人和自己說明白，究竟為了什麼而愛？於是明代湯顯祖在《牡丹亭記題詞》裡說了：「情不知所起，一往而深。」我們也無需在情關之前灰心喪志，以為夢中情人終究只是理想化的典型，其實「夢中之情何必非真？天下豈少夢中之人邪？」

　　明代文人正視個人情慾的自然流露，也強調創作過程是個人真實感受的宣洩。正如米蘭・昆德拉在《小說的藝術》中所說：「人之所以為『個人』，是在於他對真理的認定，不一定和別人一致。」個別性的差異表現於文學，使作品新巧多變。因為所有的句式與用字，皆來自個人感情的淋漓抒發，其思想與集體意識背道而馳，於是他人讀來只覺具有強烈的個性化作風。

　　李漁在《閑情偶記・詞曲部》裡進一步指出：「『纖巧』二字，行文之大忌也，而獨不戒於傳奇一種。」這裡明白點出傳奇戲文的創作論背後直指人情之欲。從前在八股、禮教重重壓抑下的情感，終於以明代文人思維的利劍，畫開了一道明亮的出口，使讀者在黑暗裡瞥見了「人」的光影。

人身載景

——古典藝術的景語和情語

　　《牡丹亭》作者湯顯祖教導子弟時曾說：演員在歌舞表演中，聲腔時而高亢入青雲；時而壓抑如絕絲；時而圓潤如珠環；時而不絕如清泉，配合細緻的舞蹈，在融入角色而臻至忘我的時刻，觀眾也沉浸在故事的意境裡，渾然不覺。這是「以形寫神」的完美體現。

　　《遊園》裡的杜麗娘，便是以層次繁複的舞蹈，配合優美動聽的曲文，使故事裡奼紫嫣紅的花園，宛然如在目前。與此同時，幽閨深居的隱秘心情，也得到極微妙傳神的烘托。

　　受到傳統曲藝「人身載景」的啟發，古典小說亦時常以人物生動活潑的舉止對白，展現明媚多情的自然風光，和人們戀愛中纏綿的思緒。像是《玉嬌梨》中，蘇友白偶見小紫燕翩舞於畫樑間，姿態輕盈裊娜，將春光點綴得十分靈動。忽而又聽到一個丫環說：「小姐快來，有一隻燕子，舞得有趣！」接著果見一位小姐走近窗前問道：「燕子在哪裡？」小丫頭忙伸手指：「這不是！」

　　就在小姐探出窗外看那燕子飛來飛去的時候，女子動人的情態也在蘇友白的眼中一覽無遺。

一個故事等於一個驚嘆號

為 人性僻耽佳句

語不驚人 死不休

高潮之後

——小說的尾聲

　　歷來作家在小說的結尾處費盡思量，好的結局使讀者掩卷即陷入沈思，興發多少感慨。猶如音樂的尾聲，除了戛然而止的演出獨具震撼效果之外，古今奇文的撰述者更懂得在故事達於高潮之後，再振一勢，教世人頻頻回眸，驚豔不已。

　　清初文學評論家金聖歎曾寫道：「一大段文字之後，不好寂然便住，更有餘波演漾之。」而《水滸傳》之「景陽岡武松打虎」，便是這一類型的體現，文中既已鮮活地展演出人虎搏鬥的驚險景象，使我們看到了武松九死一生之後的勝利。接著又使他尋思道：「天色看看黑了，倘或又跳出一只大蟲來時，卻怎地鬥得他過？」誰知故事在本該結束處，作者又突如其來地再振餘波，在武松下崗的途中「只見枯草中，又鑽出兩只大蟲來」。這樣驚聳的場景，簡直駭人！饒是英雄好漢，也嚇得「啊呀」一聲，手腳酥軟。

　　幸而定睛一看，「卻是兩個人把虎皮縫作衣裳，緊緊繃在身上。」這些鄉里的獵戶正愁捕不到老虎，要吃官府的限棒，如今可是又驚又喜，準備抬著老虎下山了。

英雄多難

——小說家的驚人之語

　　唐朝詩人杜甫創作律體千錘百鍊、沉鬱頓挫，曾留下：「為人性僻耽佳句，語不驚人死不休」之句。詩人講究修辭的藝術表現力，小說家則往往以刻畫情節的奇險，使讀者大吃一驚，心弦為之緊繃。例如：《水滸傳》裡描述魯達三拳打四鎮關西，正逃亡在十字街口，耳邊聽見路人大聲唸出官府捉拿他的榜文，卻在此時突然被人從背後攔腰抱住，「橫拖倒拽將去」！作者突如其來的一筆，確使讀者驚嚇不小。等到發現那人原來是魯達救過的金老，人們至此方知這是虛驚一場。

　　此類作法在小說家的筆下，也經常展現推陳出新的風貌。故事裡的林沖自從嬌妻受辱，誤入白虎堂，發配滄州道，直到火燒草料場，許多劫難使他的性格發生了變化。就在他酒後感傷懷抱，題詩於粉壁之際，忽然被一漢子劈腰揪住：「好大膽子！你在滄州做下迷天大罪，卻在這裡，現今官司出三千貫賞錢捉你，卻是要怎地？」

　　然而林沖此時已非昔日的柔弱之徒，他不僅不乞憐，反以驚人的剛毅語氣，反問道：「你真個要拿我！」

畫龍點睛之妙
——佳句與全篇要旨的關聯

　　唐代張彥遠著《歷代名畫記》，書中曾有一段記載，說到梁武帝崇尚修建佛寺，嘗命畫家張僧繇繪製金陵安樂寺的壁畫。張僧繇於是畫出四條活靈活現的白龍，畫成後卻不點眼睛。他總是說如果畫了眼睛，龍就會飛走。有人以為這話太過荒誕不經，於是強迫他為白龍點上眼睛。就在畫家為龍點眼後不久，突然閃電雷鳴大作，擊破牆壁，兩條白龍乘雲飛上天去。留在壁上的兩白條龍，卻是因為還未點眼，因此留在人間。

　　文學作品中也常見以畫龍點睛之句概括全篇題旨。例如《水滸傳》第二十回，寫閻婆惜發現了宋江的招文袋，於是要脅宋江交出梁山泊主腦晁蓋贈送的一百兩金子。宋江解釋他不肯收這金子，當時已經退還了。閻婆惜不相信，說道：「可知哩！常言道：『公人見錢，如蠅子見血。』他使人送金子與你，你豈有推了轉去的？這話卻似放屁！做公人的，那個貓兒不偷腥？閻羅王面前，須沒放回的鬼，你待瞞誰？」評點家金聖歎於是稱讚這段話語，是披露世態人情的「飛劍語」。

一個故事等於一個驚嘆號
——評點家的閱讀視野

評點，是中國古典小說閱讀學裡的準星。評點家以個人獨具的慧眼，瞄準經典中令人拍案驚奇的靶心。引領讀者的視角射向作品的內在精華。並以一幅幅設計精良的閱讀視野，啟發讀者大眾對文學著作產生靈敏的觸動與鑑賞趣味。

評點學有時更是文人的平生事業。明代李卓吾對小說評點的投注，達到了「口不停誦，手不停揮者三十年」。而金聖歎自十一歲起閱讀《水滸傳》，到三十四歲完成該著的評點，其間悠悠過了二十三年光陰。他向世人展示了對於閱讀具有高度興趣的心靈，是如何地享受著挑燈夜讀的美好時光。

在武松打虎的著名片段裡，金聖歎提醒我們注意武松手中的哨棒，只要哨棒出現一次，他就不厭其煩紀錄它到目前為止出現的總次數，以及這次武松的姿勢。直到第十六次，武松在最緊張的時刻使盡平生力氣，一棒打下，竟然只打在枯樹上，使哨棒斷為半截。「半日勤寫哨棒，只道仗它打虎，到此忽然開除，令人瞠目噤口。」金聖歎的閱讀指南，其實也正是一部富於感染力的文學創作。

鏡中鏡

——雙鏡折光的反諷效果

《水滸傳》第五十回「插翅虎枷打白秀英」，話說鄆城縣雷橫都頭來到東京新藝人白秀英處聽評話。只見鑼鼓響處，白秀英上了戲臺，先參拜四方；繼而拈起鑼棒，如撒豆般點動；又拍一下聲界方，便念出四句七言詩：「新鳥啾啾舊鳥歸，老羊羸瘦小羊肥。人生衣食真難事，不及鴛鴦處處飛！」

雷橫隨即喝了一聲采。接著白秀英開唱了，今天說的是一段風流蘊藉的愛情故事，叫做「豫章城雙漸趕蘇卿」。話本裡的娼妓蘇小卿雖被鴇母逼迫另嫁，卻終不忘與書生雙漸的情深意濃，故事在峰迴路轉之後，有情人終成眷屬。可是現實裡的雷橫卻是個辣手摧花的一介武夫，當他看到白秀英當街與雷母相互辱罵，頓時氣得一枷梢打得白氏腦漿迸流、眼珠突出，當場死於非命。

《水滸傳》遵循古法，以鏡中看鏡的思維，在評話中說評話。並以第二層虛構反諷了第一層的虛構，通過滿篇柔情蜜意的話本，反襯出雷橫的蠻強與粗獷，這個雙面折光的藝術片段，本身正是小說整部暴力美學具體而微的鮮明指標。

不亦快哉

快樂 就是這麼簡單

文人的 生活小品

往往 牽動了讀者感官經驗中的每一條神經

耍猴戲、吃娃娃
——清代戲曲的強烈觀賞效果

　　當代警匪槍戰片裡，經常出現劇中人中槍後，鮮血從按住傷口的指掌間，汩汩流出的聳人畫面。雖然景況很逼真，觀眾卻都知道那是在演員的戲服內事先裝好的紅色墨水。

　　其實這種戲劇手法，早已在三百年前清初的傳奇劇本裡出現過了。阮大鋮《春燈謎》裡有個宇文彥在獄中撞地自殺，被人救起時，劇本上明白寫道：「生暗將紅紗少塗面上作破面緩醒介。」說明當時的戲曲界已開始用紅沙製造流血的效果。

　　不僅如此，作家們還會依劇情需要，設計面具、竹馬、假鬍子等道具，以配合人物的唱、念、做、打，有時甚至運用美麗的色紙扎出會飛的燕子與蝴蝶，營造華麗繽紛的舞台場景。烘托氣氛的同時也為劇情的推展，與劇中人命運的轉折與情愛糾葛，做出合理的鋪墊。

　　為了使舞台劇發揮綜合藝術的立體感，行家們往往別出心裁，以歌舞伎耍穿插在關目曲白之間，著名的《燕子箋》裡，甚至有一場猴戲，演員戴著猴面具，表演吃小娃娃的惡行，使故事中重疊著故事，滿足了大江南北觀眾獵奇的口味。

長安淪陷後……

——過場武戲的時空張力

　　中國的傳奇劇種發展到了明清之際，作家們對於排場的考究，比之前代往往更為細膩。特別是過場與正場的搭配，在兼顧劇情的推演下，體現了冷熱相劑的原則。戲曲家在常套間自由揮灑，既不失古法，又不為古法所拘。

　　通常正場描述主要人物與情節，故而排場上多以濃濃的抒情曲，表現男女主角多舛的命運。至於過場則以武戲交代他們所處的時代背景，例如：《燕子箋》第二十三齣〈兵嚻〉，便以同一曲調的反覆疊唱，勾勒出兵荒馬亂的慘酷景象。首先眾賊將領出場唱道：「咸陽烽火兼天動，鐵騎超騰猛。」隨後，一位老夫人領著小丫頭奔到前臺哭訴：「驀然殺氣雷轟，雷轟。街廂燒得通紅，通紅。」話猶未了，大批難民蜂擁而至，慌亂地唱出：「奔騰萬馬呼風，呼風。居民逃竄西東，西東。」

　　而此時土匪窮追在後，他們凶神惡煞地依前腔續唱：「弓刀耀日如虹，如虹。羽林哪個當鋒，當鋒。神號鬼哭滿城中，金和寶，搶教空。」短短一齣過場武戲，捕捉了長安淪陷後，兵馬飛鞚的烽煙景象。

丑扮的自白

──戲曲中的科諢

明清之際，阮大鋮著名的《燕子箋》序文中，提出了戲曲美學的追求目標在於：「介處，白處，有字處，無字處，皆有情有文，有聲有態。」准此，傳奇作家們個個戮力使戲中的角色，在舉手投足，一顰一笑之間，揮灑出鮮明的藝術形象及聲口畢肖的精神活力。

尤其是劇中的丑扮，經常成為戲曲家發揮幽默感的摹寫對象。故事裡被反諷的人物一登場，作家便設計出一連串的賓白與動作，務必在科諢穿插之間，驅趕觀眾的瞌睡蟲，進而達到調笑無厭、賞心益智的娛樂效果。例如：《燕子箋》第十五齣裡有個不求上進的考生鮮于佶，他出場時的個人獨白，便做盡了笑話逼人的詼諧妙趣：

【六么令】（副淨唱）文思原欠，酒囊中墨汁全乾。（白）不免把這些酒飯消繳在肚子裡，也是我老鮮走科場一遭，（作吃介）我想場中作文字時，心上慌得兀，不知寫了哪一套嫖經，哪一宗酒帳，鬼畫符一般，若要中，（笑介）除非是紗帽滿天像烏鵲兒飛，我把這頭，（作向上挺介）這樣一撞，這撞著了，才使得！

描述「快」感

——金聖嘆之不亦快哉

　　清初文人金聖嘆批閱《西廂記》時，曾留下了一段珍貴的筆記，追述他自覺一生中最快樂的點點滴滴。這三十三則「不亦快哉」，出自陰雨連綿的日子裡，作家和朋友共享的美好回憶。其中第一則描述道：盛夏時節，火紅的太陽停滯在天空，無風無雲，庭院猶如一座洪爐，鳥兒全躲藏了起來，而人身上的汗水如縱橫交錯的溝渠。這時即使美酒佳餚在前，也沒有一點食慾。想睡個午覺，地面蒸騰得濕濕黏黏，蒼蠅又來環繞頸間，揮之不去。

　　行文至此，讀者能不對燠熱的暑氣感同身受？接著，金聖嘆筆鋒一轉，正嘆無可奈何之際，天空突然烏雲和雷電齊聚，恍如大黑轎車疾駛而來。其後暴雨雷霆，聲勢澎湃得像數百萬個金鼓齊奏。頃刻屋簷下一排排盛大的水流，比瀑布還壯觀！

　　這位被後世稱為十七世紀，中國最重要的印象派文學批評家，就在這場滂沱大雨中，頓感涼爽愜意，然後開心地吃起飯來了。快樂有時就是這麼簡單，而文人的生活小品，以其簡勁的筆力，往往牽動了讀者感官經驗中的某一條神經。

結構與解構

原來 ^{只需輕輕一個回眸}

就能徹底 ^{鬆動故事的結構}

原來只需輕輕一個回眸

就能徹底鬆動故事的結構

迴波逆瀾

——小說的戲劇化高峰

　　小說情節如果在必然的情勢中，發展出偶然的逆轉，那就不能不使讀者在強烈的藝術激盪中，感受到意外與驚奇。一如奔流的江水，突然撞上巨石，激起了波瀾壯闊的圖景。

　　《聊齋誌異》中的〈嘉平公子〉，描寫美麗風流的女鬼溫姬愛上了徒有其表，胸無點墨的公子嘉平。文章的鋪墊由公子的「風儀秀美」寫起，在赴試途中，邂逅了溫姬。溫姬深愛嘉平的儀容，遂從點頭微笑、探問地址，到深夜造訪，以身相許。此後甚至不惜冒著淒風冷雨前來，以至濡濕了她的「五文新錦」小靴，為的是傾訴心中的愛戀與纏綿，於是她要求與公子賡和詩詞，不料公子竟不通風雅。後來，二人感情仍持續升溫，直到嘉平的姊夫點破溫姬是女鬼的事實，女鬼亦坦白承認，而嘉平的父母亦申誡再三，做法驅祟，皆無法拆散他們。

　　故事至此，愛情的力量沛然莫之能禦。然而小說作者卻筆鋒陡轉，讓溫姬無意間看到嘉平錯字連篇的手書，頓時沮喪萬分，從此消失不見。故事中「才」與「貌」的敘事路線在結尾處終於爆發了衝突，篇末因而出現了意外的戲劇化高峰。

入手擒題

——「奇崛」的開篇

　　小說開篇以寫人記事直接進入話題，不作迂迴曲筆的描述，一開頭即爆發出最大的衝突，教讀者難以想像事件將如何持續。如此行文，初看近似簡易，細玩之，才慢慢體會文章貴乎變。尤其是在開門見山式的起始處，以樸直的敘事手法平地蠚起一樹火花，那樣的奇崛之感真使人久久難以忘懷！

　　《聊齋誌異》的〈酒狂〉一文，描寫繆永定這個永遠都在發酒瘋的人，便是以「入手擒題」的筆法，使故事一開始就抓住了讀者的目光，讓這篇小說達到令人愛不釋手的境地。作者以不到一百字的篇幅，交代了小說的第一個衝突點：這位男主角以最高學府國子監貢生的身分，卻一天到晚酗酒，而且每次喝醉了就「使酒罵座」，惹得「一座大嘩」，所有的客人皆動怒而畏避之。即使他的叔叔出面緩頰，最後也被他氣得沒了辦法。

　　有一天，繆永定又在酒後狂態百出，好不容易由家人扶醉以歸。卻在床上「四肢盡厥，奄然氣盡」了！男主角一開始就被作家置於死地，而小說也就因此抓住了讀者追索故事的迫切心理。

善畫聲者

——音畫兼得的文學世界

　　文學家如何描繪聲音？在中國最古老的典籍中，已有將聽覺藝術形諸視覺的例子，所謂「上如抗，下如墜，曲如折，止如槁木」（《禮記·樂記》），說明了音聲的高低，旋律的婉轉，以及休止的狀態。到了唐朝白居易作〈琵琶行〉，則以「間關鶯語花底滑」來形容樂音的圓潤清亮，而以「幽咽泉流水下灘」來表現聲音的滯澀低沉。

　　有趣的是《聊齋誌異·口技》中一位號稱能幫村人開方醫病的女子，其實是個口技專家。每晚到了半夜，她所獨處的房間，便突然傳出人聲雜沓、夜宴喧囂的聲響。先是小婢服侍九姑來到，接著六姑亦來，而且她的丫鬟手裡還抱著哭鬧不止的小娃兒。五個大人一陣寒暄，加上小兒呀呀、小貓嗚嗚之後，四姑又到，屋內登時一片繁喧，有的聲音清脆，有的反顯蒼老，更有那嬌滴滴的音色……。

　　接下來在一連串折紙、拔筆帽的戢戢叮叮，以及磨墨和振筆疾書的震震隆隆，乃至撮藥包的窸窣聲中，治病的藥終於出爐了。儘管醫術不一定見效，然而女子的口技卻已教窗外的聽眾嘆為觀止。

粗筆與細筆交替
——富於變化的文學構圖

　　中國傳統繪畫自來構圖參差錯落，疏密有間，作畫者意圖使畫面韻致迭盪，筆觸紋理豐富多變。而古典小說家同樣也注意行文結構的安排，在主要情節裡匠心獨運，刻畫細節不憚煩難；又在次要情節與人物的勾勒上，做到簡括疏淡，輕攏慢捻，以使整體篇章在敘事的詳略之間，如同畫作之濃淡相宜，韻味搖曳生姿。

　　《聊齋誌異》裡工刺繡的佳人史連城，以一幅「倦繡圖」擇婿，窮書生喬年在繡作上題詠，得到連城的青睞，無奈史父將她許配給富商王化成。連城仍私自贈金喬年，喬生大嘆：「連城，我知己也！」後來連城病重，西域頭陀說，以男子膚肉為藥可癒，王化成聞此事大罵，而喬年卻二話不說，自出白刃，血染襦袍。

　　爾後連城畢竟還是死了，喬年一慟而絕，在陰間見到連城後，告訴友人：「有事君自去，僕樂死不願生矣。」作者在故事裡將連城與喬年的生死相戀，以工筆細膩描繪；又在連城與王化成不如意的婚姻生活上，幾筆帶過卻力透紙背。不由得使人感悟，世事茫茫而真情可貴。

所謂情種

——短篇小說的深情結構

　　蒲松齡的《聊齋誌異》是中國文言小說的壓卷之作，原則上每個獨立的故事皆以一短篇訴說，但偶爾也出現連綿的情節以兩篇故事交代其內容，引領讀者漸層式地深入作家眼中、心中那個悽清悱惻的有情天地。從〈王桂庵〉到〈寄生〉所形成的纏綿體制，便是這樣的例子。

　　打從王桂庵偶一南遊，臨舟見到孟芸娘，便時常癡坐凝思。為了追尋這位陌生女子，他幾度重返江南，沿江細數行舟，兩三年的時間就這樣過去了，而所得者唯有一夢。夢中來到光潔的竹籬茅舍，院裡一株垂滿紅絲的夜合馬櫻花引人情思，而夢中情人正在南院的紅蕉蔽窗之中。

　　從夢境裡醒來，現實生活的波濤揪住了王桂庵的命運之舟，使其載浮載沉，終於有夢想實現的一天，王桂庵來到了芸娘的身邊，卻不意在新婚之後，因為丈夫一句戲言，妻子氣極投江，從此桂庵面對滿江星點，悼痛終夜。兩年後，這段情緣竟得離奇再續。

　　下一篇小說則繼續描述他們的兒子在鄭女與張五可兩位小姐之間糾葛的情愛掙扎，比父母的愛戀更為曲折。兩代情無非映證了一句老話：「人生自是有情癡。」

蝴蝶最迷離
——傳奇筆墨中的陰陽相繼

　　「陰陽相繼」是古人的宇宙觀，也是人生觀。表現在浪漫傳奇的題材裡，作者往往將所有美麗動人的豐富聯想力，都付予了離魂以後的死亡世界。從唐傳奇中的倩娘，到明代短篇故事裡的璩秀秀、金定、周勝仙……，她們在追求愛情的道路上，捨生亡命而奔，深情執著的層層儷影，能不令人動容？

　　以死映生的寫作技巧，到了清代蒲松齡的《聊齋誌異》，則運用得更為嫻熟。〈粉蝶〉一篇敘述陽曰旦航海遇上颶風，將他吹送到離家三千里，卻是冬暖夏涼，花季不斷的仙山。他循著含苞蓓蕾的重重花影，來到已故琴家的莊園。陽生不懂音樂，女主人卻令他隨意命題。陽生想起自己遭遇颶風的險狀，脫口而出：海風引舟。則琴家的即興創作曲，竟真使人聽之如在崩騰的顛舟之中。

　　十六年後，陽生返棹歸家，當年女音樂家的小婢粉蝶，為了愛戀陽生，重新轉世，改名荷生（和聲），追隨到人間。陽生當然還記得粉蝶，然而粉蝶卻已忘懷前塵。偶爾，只有在陽生為她撫琴的時候，她才會「支頤凝想，彷彿若有所會。」

脫軌的流動

——多層面視角與後設性語言

　　《閱微草堂筆記・如是我聞》中有一個故事，敘述者的家裡在十多年間，先後收容了兩個流民，男的充當馬夫，女的作為養女。巧的是兩人分別述說家鄉里程，和幼年訂親的景況，不禁令人狐疑他們是破鏡重圓的匹配。然而這件事情對於作者而言，僅止於一點可能，一個疑竇，而從來都不是一個傳奇。

　　尤有甚者，紀昀以反傳奇的筆調，讓故事中的叔父說出養女非但不是個俏麗佳人，而且蠢如鹿豕。就在作者放棄將這一篇情節，鋪陳為離奇浪漫風流文章的同時，故事卻又藉友人之口嘆道：「此婢雖粗，倘好事者按譜填詞，登場度曲，他日紅氍毹上，何嘗不鶯嬌花媚耶？」

　　原來小說的視角，有時也可以這樣乍然地推出到整體虛構的層次之外，以鳥瞰故事的姿態解構原先所虛擬的情態。這一種脫離了小說本身，重新說明故事往往還有另外寫法之可能性的後設現象，告訴我們，原來只需輕輕的一個回眸，就能徹底鬆動原來的故事結構。那麼，在結構與解構之間，讀者是否又增添了許多想像的空間？

千秋大事，百年易過

——「葉子」式的制藝結構

　　清人劉熙載在《藝概》一書中，為我們解說了八股文章的書寫佈局：原、反、正、推。在小說世界裡，清初吳敬梓作《儒林外史》，對八股制藝導致文人普遍的精神荒謬與荒蕪，進行了一場百年沉思。

　　他將一大群秀才散放在明末清初八十年間，四代儒林的科舉志業裡。從第一回寫王冕牧牛畫荷的生活境界，開始敷陳全書大義，在結構上像是八股文的「原題」。以下至第七回講周進、范進等一班人熱中舉業的貪婪與勢利，是反面入筆的具體寫照。至三十一回杜少卿的出場，一般視此人為作者自況，這個角色的自傲與曠達，也呼應了八股文體結構的「正」字原則，將文章內容回歸到正題。繼之而起的是文人的相繼沉淪，其敘事方向匯聚在八股斫傷人性的母題上，窮形盡象地發揮。行文理路頗似唐宋舊籍中摺扇式的裝幀，依正反摺疊而推陳開來，古人特稱之為「葉子」。

　　藉八股文章的體制來批判八股取士，可謂反諷藝術中的一絕。其結構之美所透露的歷史悲涼感，事實上早已超越了作家個人的一切功名與毀譽。

大喜大悲

大河 ^{小說行文氣勢磅礡如虹}

實際上 ^{作者僅借用生活中微小的事物}

以 ^{興發整部作品廣大的意義}

女子的媚態

——文學白描手法

　　傳統繪畫中的白描，是一種純用墨線勾勒而不敷色彩的表現手法。清初文人張竹坡將它引用在文學評點中，指出作家運用最少的筆墨描寫人情風貌，在看似沒有技巧的地方，總留下淡淡的情韻。

　　《金瓶梅》第四回描寫西門慶眼中的潘金蓮，只寫女性的低頭與微笑，卻道盡了一個女人的嬌柔媚態。當西門慶問到婦人姓氏時，潘金蓮低著頭帶笑回答；西門慶既而假裝聽不清楚，潘金蓮則把頭別轉，又笑著低聲說話；然後西門慶感嘆美人竟是武大郎的妻子時，潘金蓮羞得滿臉通紅，只得低著頭弄裙子；然後西門慶故意讓筷子掉到女子裙邊，這時卻見潘金蓮一面低著頭，一面把鞋尖踢著，笑道：「這不是你的箸兒！」

　　白描手法不靠濃墨重彩渲染氛圍，也不刻意強調人物心理，卻在單純的動作描寫中，達到了「傳神」的效果。《紅樓夢》第二十六回賈寶玉信步來到瀟湘館，擾了林黛玉的午睡，只見林妹妹坐在床上，一面抬手整理髮鬢，一面笑向寶玉道：「人家睡覺，你進來作什麼？」這又是一幕令男主人公神魂搖蕩的白描勾挑。

崇高的悖謬

——「戲擬」的存心挑釁

　　《金瓶梅》對傳統小說的戲擬（Parody），如同英國作家珍・奧斯汀以《諾桑覺修道院》（*Northanger Abbey*）嘲諷了十八世紀歌德式的傳奇小說。後代文人對傳統敘事模式的翻新與突破，往往帶有某中認清了現實生活不過就是平凡的無奈與唏噓。

　　第一奇書本《金瓶梅》以「西門慶熱結十兄弟」開啟故事，不僅向讀者暗示了本書乃以西門慶為敘事中心，同時也藉由結拜前集資人在銀子的成色上動了手腳，以及締盟時大夥兒調侃玉皇廟諸神的不恭敬行為，戳穿了人們一向以來對桃園結義這個古老傳奇的迷夢與神往。日後西門慶在這些結拜兄弟的身上佔妻謀財；這些兄弟在西門府上趨附揩油的景況，則更清楚地表明了戲擬者對古代聚義行為過於理想化的質疑。

　　原來生活中許多事情的發生，都像是走路時無意碰上的一樣，帶有偶然與瑣碎的性質。小說家務求在多層次的事件處理中，做到隨放隨收，讓繁忙的日子像在無限煙波裡載浮載沉，同時，也可能因為來自現實生存處境的刺激，讓他們在下筆時，反映了處世者對於宗教與哲學的信仰危機。

酥油泡螺兒

——西門慶的私房點心

《金瓶梅》第六十七回寫道,李瓶兒剛過世不久,西門慶在書房中賞雪,鄭愛月派人送來兩三樣精緻的點心,其中有一盒果餡頂皮酥、一盒酥油泡螺兒,還有一個小描金方盒兒,裡頭是一方繡工妍麗的紅綾汗巾兒,裹著一包親口磕的瓜仁兒。

看見這貼心的禮物,西門慶眼前浮現這位霧鬢雲鬟、粉妝玉琢的美人:她上身穿著白綾錦襖,下著大幅湘紋裙子。高高顯出一對小小金蓮,猶如新月,狀若蛾眉,整個人就像是降臨凡間的仙子。她親手調製的酥油泡螺兒,是將牛奶打成瑩白鬆軟,近乎溶化的油酥,有時也額外加入一點羊脂和蜜,而後握在手裡,運用手的巧勁,讓奶油不斷地從手中滴漏。滴酥時,女性的兩手不斷地繞動,使奶油形成螺旋紋路,如同今天的雙色冰淇淋!

製作酥油泡螺兒需要一點技巧,所以並不容易掌握。《金瓶梅》的作者藉由應伯爵之口,描述這道點心上頭的紋路,是用粉紅、純白兩色相繞,因而形成了螺旋形。而西門慶一家六房妻妾中,唯有李瓶兒會做,於是男主人公對於她過世後的思念,也就無形中寄託在這道沃肺融心的上方佳味裡。當他見到鄭愛月送來酥油泡螺兒時,便說道:「我見此物,不免又使我傷心。」這一刻,鄭愛月迷人的身影又與令人心疼的李瓶兒,雙雙相繞糾纏於西門慶的心中了。

小小搏浪鼓
——維繫讀者與主人公情感的小事物

　　傳統大河小說道盡了世事興衰，行文氣勢磅礡如虹。而實際上作家只是借用生活中的微小事物，興發通部的廣大意義。

　　《紅樓夢》第六回作者曾親自道出這種創作經驗：「且說榮府中合算起來，從上至下，也有三百餘口人，一天也有一二十件事，竟如亂麻一般，沒個頭緒……。正思從那一件事那一個人寫起方妙？卻好忽從千里之外，芥豆之微，小小一個人家說起。」曹雪芹自道劉姥姥是串聯四大家族榮辱興衰，三百多人悲歡離合的一條彩線。作為一個局外人卻見證了賈府這座偌大的藝術畫廊，也從而開展了富麗恢弘的情節架構。

　　小中見大的故事筆法，也在《金瓶梅》裡一只新生兒玩耍的小小搏浪鼓上出現。這個總共只出現兩次的小事物，恰如劉姥姥一般，在有限的登場次數中，映襯了人物的大喜與大悲。原是宮廷送來的滿月賀禮，第二次出現時，已是官哥兒留給李瓶兒的遺物。我們通過小說鏡頭的移動，先看到李瓶兒撫棺連聲痛哭，再望向床頭的小小玩具，怎不教人為這心酸的世事，興嘆落淚？

自古沒巧不成話

——古典小說裡的「巧合」

　　《紅樓夢》裡，劉姥姥替王熙鳳的女兒取名時曾說：「就叫他是巧哥兒。……日後長大了，或一時有不遂心的事，必然是遇難成祥，逢凶化吉，卻從這『巧』字上來。」

　　事實上，「巧」之一字正是中國古典小說家寫作的拿手絕活兒，從宋元話本到《拍案驚奇》，說話人莫不在藝術精巧的構思上，鋪墊出一場場於情理之中上演著意料之外的好戲。《三國演義》第二十一回曹操煮酒論英雄，正說道：「今天下英雄，惟使君與操耳。」劉備聞言吃了一驚，手中匙箸不覺落地。此時恰巧天雨將至，雷聲大作，劉備才得以將失箸緣故，掩飾過去。這場巧妙的雷鳴，敲響了整部史詩的主旋律——亂世英雄。

　　此外，世俗人情的故事裡，也隨處閃現著「巧合」的光芒。《金瓶梅》裡的當家花旦潘金蓮，總愛在春光明媚的日子裡，推開門簾佇立。有一天正當她手裡拿著叉竿放簾子，不料風大刮倒了竿子，正巧打在西門慶的頭上，「自來沒巧不成話，姻緣合當湊著」，那枝風流的叉竿卻又正巧打出了日後多少的歡喜悲哀！

在夢裡……

此時 僅需足夠的光和優美的影

便使詩人 的心靈

沉浸在 淺睡的思緒中

「我為的是我的心」

——小說人物的內心戲

　　《紅樓夢》第三十六回薛寶釵來到怡紅院，欲尋寶玉說話以解午倦。沒想到整座院子早已進入了夢鄉。不僅鴉雀無聞，連兩隻仙鶴都在芭蕉樹下睡著了。順著遊廊來至房中，丫頭們橫三豎四都在睡覺。轉過十錦槅子，來至寶玉房內，寶玉也在床上睡著了。

　　薛寶釵隨即被襲人手中「五色鴛鴦紅蓮綠葉」的美麗繡花所吸引，一蹲身也做起可愛的女紅來。不料林黛玉和史湘雲亦相約而來，黛玉獨自在窗外看見寶玉僅著銀紅紗衫，隨便睡在床上，而寶釵則在他的身旁做針線。

　　林黛玉見了這景況，「早已呆了」，過了一會兒，才招手叫湘雲來。湘雲想到寶釵素日待她好，也知道黛玉口裡不饒人，於是急忙把林黛玉拉走。兩人走後，寶玉突然在夢中喊罵：「什麼金玉姻緣！我偏說木石姻緣！」寶釵正在繡花瓣，聽了這話「不覺怔了」。

　　林黛玉的「呆」，薛寶釵的「怔」，賈寶玉的夢話，和史湘雲的想法。湊成了一幅非常細膩動人的連環景象，大觀園裡人人心事重重，卻都在無意識的舉止間，彼此照映了出來。

花開兩朵，各表一枝
——小說裡多層次的語言結構

　　《紅樓夢》第十四回王熙鳳協理寧國府，寫她正在責罰一個遲到的僕人，厲聲說道：

　　「明兒他也睡迷了，後兒我也睡迷了，將來都沒了人了。本來要饒你，只是我頭一次寬了，下次人就難管。不如現開發的好。」登時放下臉來，喝命：「帶出去，打二十板子！」一面又擲下寧國府對牌：「出去說與來升，革他一月錢米。」眾人聽說，又見鳳姐眉立，知是惱了，不敢怠慢，拖人的出去拖人，執牌傳諭的忙去傳諭。那人身不由己，已拖出去挨了二十大板，還要進來叩謝。鳳姐道：「明日再有誤的打四十，後日的六十，要挨打的只管誤。」說著，吩咐：「散了罷。」窗外眾人聽說，方各自執事去了。

　　作者運用窗裡、窗外兩幅畫面的立體剪接，將她一面喝命杖責，一面傳諭罰款，寫得威嚴赫赫，氣勢逼人。接著又寫窗外的奴僕「拖人的出去拖人，執牌傳諭的忙去傳諭。」這兩件事情也是即刻執行，同時並進。最後一層，描寫得尤其深刻。奴僕挨打後，「還要進來叩謝」，將王熙鳳殺伐決斷的作風表露無遺。

午後的睡房

——文字的感官意象

　　「一間屋子，就像一個夢。」在夢裡，波特萊爾帶領我們進入他的精神之屋。粉紅與淡藍的輕飄氣氛中，快樂猶如瞌睡，閃爍著暗紅玫瑰裡的藍光，使心靈和家具都沐浴在慵懶的馨香裡。「窗簾、花朵、天空和夕陽猶似純真的夢和未經分析的文學意象。」此時僅需足夠的光和優美的影，便使詩人的心靈浸潤在淺睡的思緒中。

　　這位十九世紀的巴黎作家，在這午睡的情潮裡，隔著雪白如瀑布的柔軟紗帳，凝視夢中女王閃耀如黑色星星的雙眸。在那迷人的光芒中感受到分分秒秒都消弭於幸福之中。這段神秘、寧靜與芬芳的時光，也曾流淌自十八世紀中國作家的創作靈泉。《紅樓夢》第二十六回，「寶玉信步走入，只見湘簾垂地，悄無人聲……一縷幽香從碧紗窗中暗暗透出……耳內忽聽得細細的長嘆了一聲道：『每日家情思睡昏昏。』寶玉聽了，不覺心內癢將起來。再看時，只見黛玉在床上伸懶腰。」

　　作家開啟讀者多重私密的感官體驗，隨他飛入恬靜的回憶深處，藉以說明個人的情思如何蔓延於文字之外。

綺麗的夢

——文學作品中的潛意識與精神分析

　　上個世紀初，西方出現了精神分析學的創始人佛洛依德（S Frend 1856～1939）。他視潛意識與性本能為人的原慾（Libido），一旦原慾受到現實生活中的自我（ego），與道德觀念裡的超我（super-ego）所壓抑，人會感到焦慮而引發各種官能症。

　　《紅樓夢》裡，一個小丫頭春困的綺夢，正說明了本能的愛慾在外界的排擠下，如何沉入意識所不及的深層夢境裡，也正好佐證了佛洛依德所說的「夢是願望的滿足」。第二十四回「痴女兒遺帕惹相思」，小紅初見賈芸，女孩兒用幾句簡便俏麗的話打動了芸哥兒的心。卻不料回到怡紅院後，為了倒茶給寶玉，讓秋紋、碧痕兩個大丫頭一來一往，罵得心灰意冷，悶悶地回到房中，情思纏綿，矇矓中聽得窗外有人低聲叫喚：「紅玉，你的手帕子我拾在這裡呢。」出來一看，不是別人，正是賈芸。

　　離奇的是，這場夢得等到第二十七回才能成真。一場預知的春夢，引出紅學家張愛玲的一段話：「怎麼一兩個月前已經夢見她丟了的手帕是他撿了去？竟能前知？……是否這夢不過表示她下意識裡希望是他拾的？」

人生的影速，如流星霎逝

——文學的即興創作

　　《紅樓夢》第五十回「蘆雪庵爭聯即景詩」，大觀園裡的女才子們達到了空前絕後的創作高峰。

　　頭場大雪之後，眾人匯集於傍山臨水，竹籬茅檐的蘆雪庵，推窗即見鋪地一尺深的白雪，以及隨風款擺的蘆葦叢，門外逶迤的竹橋通向藕香榭。美景如畫，佳人們即景聯句，卻是由不識字的王熙鳳道出開場句：「一夜北風緊」，拉開了氣勢勁峭的龍鬥雲陣，興起一篇五言排律的集體創作。

　　李紈、香菱、李綺、寶玉依次敗下陣來，形勢漸成寶琴、寶釵、黛玉共戰史湘雲的局面。她們互不容情，自為得趣。大觀園裡的閨秀即興隨口成吟、用典紛繁的速度，竟連喝一口茶的時間都沒有。黛玉有意讓寶玉出句，卻教湘雲急得笑道：「你快下去，你不中用，倒耽擱了我。」

　　生命裡的即興創作，發掘出生活軌道以外的驚喜。林黛玉捂著胸口高聲嚷嚷，史湘雲笑彎了腰，到底說了什麼，已經聽不清楚。沒有時間思考，只有一連串的緊張與壓力，創作者只能依賴過往的訓練所形成的直覺力，在風險境地裡勇往直前……。

「白描美人」與「繡窗仕女」
——古代評點中的繪事微言

　　中國古典文論的灑脫與詩意，來自文人主觀的動情與評騭。尤其是明清兩代，讀書人對小說的眉批，往往透過繪畫修為與藝術的眼光，即興而慧心地加以點撥，使讀者與評點者在審美意識上，達到心有靈犀的共鳴。

　　《紅樓夢》「葬花」一文，寫林黛玉「肩上擔著花鋤，鋤上掛著竹囊，手內拿著花帚」，令脂硯齋閉上眼如同看到了古代道骨仙風、白描細緻的「采芝圖」。這一幅堪稱神品的美人畫，不是來自如雲的潑墨，卻是以語言文字雕琢出的風雅情態。第七回寫薛寶釵家常打扮，頭上只挽個髻兒，坐在炕邊，與鶯兒描繡花樣子。文中一行工筆夾批寫道：「一幅繡窗仕女圖，虧想得周到。」

　　更有許多文本中的抽象意境，評點家也藉由古畫來傳神地為我們解讀作者婉轉諷諭的本意。同一回「送宮花賈璉戲熙鳳」，正文有「正問著，只聽那邊一陣笑聲，卻有賈璉的聲音。接著房門響處，平兒拿著大銅盆出來，叫豐兒舀水進去。」眉批者有感而發：即使是仇十洲的畫，也比不上眼前這幅景象，涵藏著濃濃的春意！

看官聽說……

——古典說部中的「插筆」

　　清代文人林紓在《春覺齋論文》裡說：「敘到吃緊處，非插筆則眉目不清，故必補其所以致此之由。」原來，依據時間順序鋪陳情節的故事，有時難免因為世態人情的繁複，而使讀者頓生疑慮。這時，作者常以說書人的口吻，補進一段簡潔的文字以釐清眉目。像是《水滸傳》第二十四回寫道武大被鴆毒而死，潘金蓮「號號」假哭起來，作者即運用了插筆來解釋眼前的現象：「看官聽說，原來世上但凡婦人，哭有三樣……。」

　　至於《紅樓夢》第三十五回的一段插筆，則類似以背面敷粉的敘事效果，強化了對賈寶玉心性的描繪。話說傅試家的嬤嬤來請安，寶玉馬上請她們進來。讀者一定疑惑，寶玉素習最厭愚男蠢女，而今為何一反本性？作者隨及補敘：「只因那寶玉聞得傅試有個妹子名喚傅秋芳，也是個瓊閨秀女。常有人傳說才貌俱全，雖自己未能親睹，然遐思遙愛之心十分誠敬。不命他們進來，恐薄了傅秋芳。」則我們所熟悉的賈寶玉，竟以一次反常的行為，再度證明了他恆常而獨特的審美情趣。

滿紙荒唐言

——後設的「離題話」

> 那空空道人聽了，仰面大笑，擲下書本，飄然而去。一面走
> 著，口中說道：「果然是敷衍荒唐！不但作者不知，抄者不
> 知，並閱者也不知。不過遊戲筆墨，陶情適性而已！」
>
> ——《紅樓夢》

　　後設小說（Metafiction）在文中設立敘述者的旁白，希望將讀者的注意力放在它本身的虛構狀態上，有時也以近似坦承的口吻述說著小說寫作過程中所遇到的瓶頸，也許幽默地向讀者道歉，也許明確地點出敘事結構和語言修辭上的問題所在。這類的「坦白」或「離題話」通常出現的頻率並不高，因此整體小說讀來仍具有相當的說服力。

　　後設技巧的使用並不限於當代作家，儘管它是許多西方現代小說家著迷的藝術表現手法之一。它使得作家偶爾逃離了傳統寫實主義的束縛，將藝術的虛構性與現實生活之間的斷裂面，呈現在讀者眼前。他們喜歡在文中出現對小說的批評，甚至以嘲諷的方式破壞傳統小說表述手法的威信。每當敘事者在我們面前表現出充滿挫折與面對寫作的疏離與無奈時，我們幾乎要相信這部份才是真實與可信的。

倒捲簾兒

——倒著讀小說

　　傳統的漢字燈謎中，有「珍珠倒捲簾」的形式，讀者可以將整個句子倒過來念，頗有令人會心莞爾的效果。

　　《紅樓夢》第二十回，賈環與鶯兒等人趕圍棋，賈環輸不起，竟拿走了骰子和錢。鶯兒滿心委屈，嘟囔著：「一個作爺的，還賴我們這幾個錢，連我也不放在眼裡。前兒和寶二爺玩，他輸了那些也沒著急。下剩的錢，還是幾個小丫頭子們一搶，他一笑就罷了。」脂硯齋於此批曰：「倒捲簾法。」事實上，這一段補遺還連綴了下文，作者順勢點出賈寶玉的心態：他對待賈環從不分正庶，對待迎春、探春、惜春等姊妹，以及林黛玉、薛寶釵、史湘雲等親戚，更視之為日月山川之精秀。至於取樂一事，如果竟而招致煩惱，那就不免教人瞧不起了。

　　作者先以賈環為鋪墊，在人物對比中，於後文著力皴染了主角賈寶玉的性格與情態，藝術效果猶如京韻大鼓《藍橋會》所云：「河水滔滔，唰啦啦翻波浪，淌的是珍珠翻花倒捲簾。」行駛中，漁船前端倒打回來的翻天波浪，才是作家要我們欣賞的人生美景。

頰上添毫

——藝術家最傳神的一筆

　　東晉文人畫家顧愷之，擅以春蠶吐絲、流水行地等技巧，刻畫人物的神態與絲綢衣紋的輕軟流動。〈女史箴〉、〈洛神賦〉等圖卷展現了簡筆勾挑而神情躍然紙上的視覺藝術。畫家聲稱這種攫取人物神髓，以簡單線條下筆如有神的方法正是所謂「頰上添三毫」。

　　聞名當代的崑曲演藝家岳美緹，在她所擅長的小生角色扮演上，亦往往達到唱腔清豔婉約，舉止細緻熨貼的美學效果。她的老師俞振飛說，岳美緹詮釋潘必正、裴少俊、賈寶玉等同為儒雅倜儻的人物時，總能分別出他們的不同環境與性格，因而臻至「頰上添毫、各傳其神」的效果。

　　晚清小說《二十年目睹之怪現狀》，主人公苟才為官二十年，正因貪贓枉法而自為得意，突然遇到強盜要求買路錢，苟才申辯：「卑鄙只賣去某礦，江蘇大人才賣過鐵路！」故事人物雖未達到全面開展，作者卻拿住了貪婪愚蠢等特徵，如掾大筆稍加渲染，即將人物推出舞台前端。讀者但覺神采畢現，心中痛快淋漓，作者於此自評道：「寫苟才如畫，有頰上添毫之妙！」

文本的糾結纏繞

無論 作家有意或無意

其 創作內容

往往 都來自與其他作品的交互對話

凝神細聽

——梅蘭芳的看戲經驗

梅蘭芳一生半個多世紀的舞台經驗，充分展現了繼往開來的演藝風格。許多人為他優美的唱腔與身段所吸引，其實他一生的成就來自不斷的學習。他自青年時期一頭鑽進古典文學與繪畫的世界裡，終身不渝。至於傳統音樂、舞蹈、聲韻和服飾等學問，也為他所廣納和吸收。

我們僅知梅蘭芳當年幾乎天天唱戲，卻不知他也天天看戲：「我在藝術上的進步與深入，很得力於看戲。」每天不等開鑼就到戲班，當中除了自己表演以外，梅蘭芳始終在看戲，「越看越有趣，捨不得離開一步。」將一般人的娛樂視為寶貴的藝術體驗。當他述及老前輩們演戲時，頓時潛入美好的回憶之流：「我初看譚老闆（鑫培）的戲，當時扮老生的演員，都是身體魁梧、嗓音洪亮的。惟有他的扮相，是那樣的瘦削，嗓音是那樣的細膩悠揚，一望而知是個好演員的風度。」其欣賞與評價，反映出梅蘭芳當時對京劇藝術的領會。

尤其是譚鑫培演出陳宮的一段《捉放曹》，在曹操拔劍殺其全家之後，那一大段二簧愈唱愈高，而演員的目光炯炯，也抓住了全場觀眾的精神。陳宮的一腔怨憤都融化在唱詞音節和面部表情中。梅蘭芳也隨之癡迷了：「滿園子靜到一點聲音都沒有，臺下的觀眾，有的閉目凝神細聽，有的目不轉睛地看，心頭上都到了淨化的境地。」

醉人的芬芳

——梅蘭芳的臥魚嗅花

　　梅蘭芳自從學起了刀馬旦，自然在腰腿的武功底子上務求紮實。「貴妃醉酒」是此行最為繁重的戲碼之一。在梅蘭芳之前，有月月紅、余玉琴、路三寶等人擅長此戲。他們在銜杯、臥魚、醉酒的臺步，以及執扇之姿和看雁的雲步、抖袖等各種程式化的演出中，完成了極為細緻的做表。這意味著梅蘭芳在這齣戲裡，能夠揮灑自我意志的空間，已十分狹窄。

　　楊貴妃因愁苦而飲酒，始則掩袖表示含蓄，繼而在微醺中放開手來，然後以美麗的姿態表現她的醉意。曼妙的歌舞融化在音樂節奏裡，使滿座搖漾著醉人的華麗氣氛。舞台上的貴婦，既已不能自持，卻又不至於東倒西歪，演員需恰如其分地傳達貴妃的美麗與苦悶。然而這齣戲裡的三次臥魚身段卻困擾著梅蘭芳：「我學會以後，也是依樣畫葫蘆地照著做。每演一次，我總覺得這種舞蹈身段是可貴的。但是問題來了，做它幹什麼呢？跟劇情又有什麼關係呢？」

　　這個埋藏在心裡的結，終於在抗戰期間，因閑居香港，無意間在草坪上嗅聞了一朵花而突然解開了。「當時我就理解出這三個臥魚身段，是可以做成嗅花的意思的。」此後不久，抗戰勝利，梅蘭芳回到上海再度演出，便將此戲改成臥魚嗅花了。曲藝家悉心聯繫劇中人物的動作與思維，終將舞臺藝術推向合於情理的新境界。

綴玉軒佳話

——梅蘭芳的牽牛花

「那年初夏，有個清早，我去找齊如山先生……。」話說民國五年，梅蘭芳在北京蘆草園買了一所寬敞的房子，每天清晨放鴿子、喊嗓子，上午拍崑曲，下午排新戲，白天演戲，晚間和劇作家齊如山等友人討論戲務，雖然忙得沒一處空閑，卻也一年四季離不開栽花播種的工作。冬天養梅，秋天種菊，春夏則有海棠、芍藥、牡丹與牽牛花。

一天他來到齊如山的院子，入目即是顏色別緻的牽牛花。「一種是赭石色，一種是灰色，簡直跟老鼠身上的顏色一樣。」其餘還有紅、綠、紫，將花園點綴得五光十色。梅蘭芳聯想到舞台上的演員，頭戴翠花，身穿行頭，眼前這鮮豔奪目，又素雅大方的天然圖景，比綢緞鋪子更具有色彩學的啟發意義。戲台上演員的穿戴，影響了觀眾對劇中人物性格的審美與理解。曲藝家竟在播種、施肥、移植、修剪和串種等門道中，漸漸體會出種花與戲臺經營的關聯。

後來梅蘭芳在日本演出，看到了更鮮麗繁豔的品種，據說稱為「大輪獅子笑」，他從此更加認真地鑽研牽牛花。幾年間，培養出許多名貴的品種。其中甚至有深青中透著紅潤，又鑲滾金紅色的名品，被取名為「彩鸞笑」。畫家齊白石來了，銀白色的長鬚在繽紛

的花叢裡飄逸。其後南紙舖「榮寶齋」請他畫信箋，他畫的正是梅蘭芳的牽牛花。

今昔對比
——「文本互涉」的糾結纏繞

> 到了徐太太唱《遊園》的時候，錢夫人卻被一股狂流吸捲入記憶的大漩渦，立時暈頭轉向。於是，過去和現在化為混沌一片，今昔平行的人物驟然疊合在一起。
>
> ——歐陽子

　　一個文本（text）可以在許多情況下提到另一個文本，例如：諧仿、呼應、暗喻、引用，甚至於是結構對位。而文本互涉也極可能就是創作的唯一條件，無論作家在有意或無意間，其創作內容往往都來自與其他作品的交互對話。例如白先勇的許多短篇小說，常常可見中西文學經典的身影交錯其中。〈遊園驚夢〉寫出了竇公館的一夕歡宴，在故事高潮的段落裡，小說家運用了《紅樓夢》「以戲點題」的章法，與英美文學意識流的傳統，將人物過往的記憶與當下的心情疊合在一起，展現了難能的心理寫實技巧。

　　文本互涉（Intertextuality）為保加利亞文學理論家克莉絲蒂娃（Julia Kristeva）所提出。她認為文本本身具有不斷運作的能力，這是作家、作品與讀者建立詮釋系統的豐富場域。無獨有偶的是，

中國古代經典《文心雕龍》所謂：「秘響旁通，伏采潛發」，在概念上亦與文本互涉的精神頗為神似。

悲傷世紀

——《巨流河》的滔滔文字

「也許是你真的哭得太累／也許，也許你要睡一睡／那麼叫夜鶯不要咳嗽／蛙不要號，蝙蝠不要飛。」抗戰勝利後，詩人聞一多為哀悼幼女所作的葬歌——〈也許〉。也許就像一雙溫暖時代的大手，撫慰了多少國破家亡的痛苦靈魂。

二十世紀是個埋藏巨大悲傷的世紀，歐洲猶太人自有數不盡的血淚，日本人又為自己的侵略行為，付出了兩枚原子彈的慘痛代價。心酸悲悼的苦難更源自中國八年抗戰中的數百萬殉國者，以及隨著戰爭這塊崩塌的巨岩一路漂流、墜落的流亡潮⋯⋯。

台灣大學外文系退休教授齊邦媛，以年屆八十高齡完成自傳《巨流河》，將刻骨銘心的國仇家恨，以及投注畢生心力於讀書、教學與研究生涯裡的諸多往日情景，以滾滾滔滔的文字之流，帶領讀者奔赴那條漫長險巇的人生巨河。

文人以寫作的身影化為一幀永恆的定格，為世人豎立文章風範。其書名源自中國七大江河之一，那滾滾的遼河既是百姓的母親河，而「巨流河」三個字同時承載了學人作家一生自童年至暮年，從大陸到台灣，由戰爭以至於和平的所有歷程。整整一個時代的歷史巨浪，翻滾到我們的眼前，直是亂石崩雲，驚濤裂岸！當那一段

亂離歲月中的悲傷曲調，逐漸消隱在人們的耳畔與記憶深處時，唯有這股文字的巨流河，為讀者再現風骨。

尾聲

到處 都是傳奇

可 不見得

有這麼 圓滿的收場

這寶貴的人生，竟美到不可言喻
——林語堂的快樂主義

　　有一年，耶誕節將至，林太乙陪著八十歲的老父親林語堂逛百貨公司。這裡擠滿了採購禮品的大人和小孩，每人臉上洋溢著歡欣。老作家的眼眸充滿了各式各樣晶光燦爛的飾品，耳中洋溢著令人開懷的樂聲，手裡捧起一串串鍊子，竟然泣不成聲！

　　面對店員的狐疑，女兒心中百感交集，她只想說：「如果你讀過他的書，知道他多麼熱愛生命，你就知道他為什麼掉眼淚了。」林語堂確實熱愛人生，享受天倫，他在〈論老年——人生自然的節奏〉裡說：「我算是有造化的，這些孩子孝順而親愛，誰都聰明解事，善盡職責。孫兒，侄子，侄女，可以說是兒孫繞膝了……。我們一生的作為，會留在身後。世人的毀譽，不啻風馬牛，也毫不相干了。」

　　談到快樂，林語堂從未陷入抽象的議論，倘若每個人分析一下自己一生中，什麼時候得到真正的快樂，我們會發現，口渴時的一泓清泉；安樂椅上的高談闊論；滯悶的午後，天邊湧起的烏雲……。當我們聽著孩子們天真的童言童語，看著他們胖胖的小腿兒，我們總能預測身旁的親人何時會微笑，何時搖著頭笑，又在何時能解除心防而開懷大笑。就是這些愛與歡樂，讓我們明白，原來塵世是唯一的天堂，眼前「這個寶貴的人生，竟美到不可以言喻！」所以林語堂常在笑中感受快樂，也願在笑中改造世界。

抗戰文藝與輕鬆小吃
——《京華煙雲》成書美談

　　林語堂取出手帕擦擦眼睛，笑著說：「古今至文皆血淚所寫成。今流淚，必至文也。」《京華煙雲》的雋永深情，如涓涓細流的文字長河，環繞著古老中國的人物風土，流淌在天南地北的廣袤田野，於庚子賠款事件中曾激起浪花，在八年抗戰的渦漩裡深陷苦難。「浮生若夢」的基調，是它輕快流暢的主旋律；「生離死別」的椎心之痛，又為它帶來激動的人生節奏。

　　這一部大書是作者從一九三八年的春天起，在美國維蒙特小鎮的松樹林間，一氣喝成的。小木屋外，滿地松針的馨香圍繞著林語堂寫作的橋牌桌，從中國雜貨店裡買回來的香菇和蝦米，正等著與清燉鰻魚同桌登場。洗鰻魚先要用粗鹽擦去魚體表面的黏液，然後用熱水沖洗。將魚切成小段，放些薑絲在鍋裡，加水以文火慢燉。等香噴噴的鰻魚湯煮好了，在魚湯裡加入鹽、胡椒和芫荽，之後便可端上桌了。

　　林語堂品嚐這道風味小吃之前，先在碗裡加幾滴色澤棕紅的天津五加皮，這碗湯就更加芳香撲鼻了！林太乙回顧當年，對這道與父親的寫作雙雙疊影的美食享受，但覺意猶未盡：「我用湯匙送一口鰻魚進嘴裡，厚厚的魚皮滑嫩無比，魚肉細膩柔潤，湯的表面上有兩三點鰻魚皮熬出來的油。我慢慢品嘗才捨得吞下肚。」嗅著美食的氣息，林語堂笑了，回過頭來下筆寫作，頃刻間又是人生百態……

人在畫裡

——郁達夫的鄉情

「富春江的山水，實在是天下無雙的美景。」五四時期創造社的浪漫文人郁達夫，在寫作佈景的編織藝術上，總以淚水和悲嘆揉出空靈的情絲，精繡出一幅幅綿延數十里的江山集錦。

在戰火兵禍連年的時代，錢塘沿岸純樸可愛的村落居民，就這麼迫於無奈地，將天下美景的名號，拱手讓給了瑞士。這在愛國志士的眼裡，又添一番新愁！那些江邊的小縣城，猶如歐洲中世紀的城堡，靜臥在流霜似的月影底下。而當地的少男少女便在這隨處可見漢唐遺跡與宋明臺榭的古城中，呼吸著愛情釀就的風中微醺。

「一江秋水，依舊是澄藍徹底。兩岸的秋山，依舊在嫋娜迎人。蒼江幾曲，就有幾簇葦叢，幾灣村落，在那裡點綴。」人只要順著錢塘江、富春江逆流而上，在船艙裡迎面就是江岸的烏桕，和離天空不遠的紅葉與青山。身旁浮動著映現明月的萬疊銀波，在濃淡相間的兩岸山色中，人們彷彿披上了一層薄霧，漫步在煙月浮動的光影裡，又像是魚兒泅泳在清瑩透徹的月光之河。

身在圖畫裡，我們於是理解了東漢嚴子陵，為何在同劉秀打下一片江山之後，惟願退隱富春，成為真正的隱士。就連近鄉情怯的郁達夫，也在離家十年後的某個清秋向晚時刻，以夢裡鄉情填充了內心深處對於美的飢渴，同時也撫慰了一場安閑而寂寞的人生。

敘事組織的鬆動與跳躍

——實驗小說

（他們三天前已經約好，端午節祖父守船，翠翠同黃狗過吊
腳樓去看熱鬧。但過了一天，翠翠又翻悔……。）

翠翠說：「我走了，誰陪你？」

祖父說：「你走了，船陪我。」

翠翠把一對眉毛皺攏去苦笑著，「船陪你，嗨，嗨，船陪
你。」

祖父心想：「你總有一天會要走的。」

——《邊城》

英國學者大衛·洛吉（David Lodge）曾說：「想要用小說誠實
描寫勞工階級，難題在於小說本身就是根深蒂固的中產階級形式，
而且敘事者會在每個句子的轉角處洩漏這種偏見。」為了捕捉湘西
老船夫與小孫女溫柔而不濫情的生活語言，沈從文在小說裡模擬了
當地人簡約而緊實的對話方式，藉以呈現作者對於那些付出勞力的
男女老幼，獻上一份深厚的情感與尊敬。

在語句上省略了強調感官與情緒性的詞彙，留給讀者更多的是
勞動者內心不可言說的溫愛。而祖父從對話到內心獨白之間，也出

現了突兀的跳躍聯想，其風格自是帶有實驗性質的。有時，話語中少了平穩的轉換與解釋的環節，小說結構也會出現蒙太奇式的剪接效果。

牽動嘴角的藝術

——喜劇小說

誰知道從冷盤到咖啡，沒有一樣東西可口：上來的湯是涼
的，冰淇淋倒是熱的；魚像海軍陸戰隊，已登陸好幾天；肉
像潛水艇士兵，會長期浮在水裡；除醋以外，麵包、牛油、
紅酒無一不酸。……侍者上了雞，碟子裡一塊像禮拜堂定風
針上鐵公雞施捨下來的肉。鮑小姐用力割不動，放下刀叉
道：「我沒牙齒咬這東西！」

——《圍城》

在西方文學傳統裡，喜劇小說無疑是令人印象深刻的。以英國
式的幽默為例，從費爾丁、斯特恩、珍·奧斯汀到狄更斯。有時即
使連不甚刻意突顯幽默的人，如：喬治·艾略特、哈代與E.M.佛斯
特，也有幾頁令人一讀再讀仍然笑聲不斷的文字。

喜劇小說（The Comic Novel）之所以牽動讀者的嘴角，往往
緣於故事人物的處境與作家的行文風格。幽默，誠然是一個難解的
課題，然而在作家們高度修飾的寫法下，讀者終於還是領略到了許
多將舊式的嘲諷翻轉出新聲腔的作品，公式化的寫作在幽默作家眼

中，都成了被嘲笑的對象，難怪讀者在字裡行間總是不期然地遇到一些小小的驚喜。

無語的窒悶

——小說裡的長鏡頭

　　張愛玲在小說〈鴻鸞禧〉中，描寫婁囂伯下班回家後靠在沙發上休息，藉由眼前舊的《老爺》雜誌，我們進入他的意識流：「美國人真會做廣告，汽車頂上永遠浮著那樣輕巧的一片窩心的小白雲。『四玫瑰』牌的威士忌，晶瑩的黃酒，晶瑩的玻璃杯擱在棕黃晶亮的桌上，旁邊散置著幾朵紅玫瑰──一杯酒也弄得它那麼典雅堂皇。」然後他伸手拿茶，在沙發邊圓桌玻璃墊底，看到太太繡了一半的玫瑰拖鞋面，燈光閃爍下的平金花朵突然展現出一種清華的氣象，彷彿瞬間將他原不相干的學位與財富打成了一片。隨著鏡頭移動，另一隻鞋面仍在他太太手裡⋯⋯。

　　二十世紀初，當小說家注意到以電影蒙太奇的剪輯手法，將富有意涵的畫面重新排列組合，以達到新敘事節奏的同時，長鏡頭的概念也在小說的美學世界裡蔓延。這種從開機到關機未間斷的深焦距紀實寫作，表達了完整的段落與意念。讀者在時空的綿延中，逐漸體會到生活的真實。當然，現實環境裡令人窒悶的壓力，也在無形中灌注到讀者的心靈深處。

桃紅的芬芳

——感官的參差對位

　　作家張愛玲偏愛紫色的襪子，遺物中一件孔雀藍鑲金線的衣服，據說是她的最愛。許多傳記學者都不會忘記張愛玲曾用人生的第一筆稿費買了一支口紅的故事，彷彿這是人生絢麗的起點。日後她用檸檬黃配士林藍，蔥綠配桃紅……，甚至說出，穿桃紅的衣服能聞出香味等驚人之語，也就說明了文字意象的出格，實源自深具藝術特質的感官體驗。

　　法國象徵主義詩人韓波（Rimbaud）在他的十四行詩裡，歷數每一個母音和它專屬的顏色；小說家于斯曼（Huysmans）則有「嚐嚐管風琴」的特殊想法。文豪巴爾札克更是直接道出：「聲音、顏色、香味和形狀，擁有相同的根源。」相較之下，德國文學家霍夫曼（E. T. A. Hoffmann）則更重視聽覺、視覺與嗅覺之間的應和關係，他把靛藍色比喻為大提琴，綠色比喻為人聲，黃色比喻為單簧管，鮮紅色比喻為小喇叭……。在《克萊斯勒言集》中，一往情深地比擬：「宗教音樂像萊茵河與法國陳年老酒，歌劇則是非常精緻的勃根地紅酒，喜劇是香檳，抒情詩是醉人的美酒。」或許，感官原只是浪漫心靈的無盡延伸。

寫實與隱喻的美妙平衡
——閃爍其詞的象徵主義

> 那姜三爺一路打著哈欠進來……青濕眉毛，水汪汪的黑眼睛
> 裡永遠透著三分不耐煩。
> 那眼珠卻是水仙花缸底的黑石子，上面汪著水，下面冷冷的
> 沒有表情。看不出他在想什麼。
>
> ——張愛玲《金鎖記》

　　希臘神話裡的美男子納西瑟斯（Narcissus）誰也不愛，獨獨戀
上了自己水中的倒影。但是他無法接觸那美麗的影像，只要一伸手
觸摸，影像就會破碎。他終於憂鬱而死，死後化成一株臨水自照的
水仙。對於水仙來說，那一泓清水就是他的宇宙，他需要將所有的
感情專注在自己身上，所以他不會愛上別人，更不會愛上異性。這
就是張愛玲筆下女主人公曹七巧的悲哀，七巧像是神話裡愛上納西
瑟斯的愛可（Echo），面對戀人沉醉在自己的世界裡，她只能下意
識地重覆著無謂的囈語，任憑思念千迴百轉，卻始終近不得身。

　　運用象徵性語言的作家都是富有洞察力的冒險家，他們根據
兩物之間的共享特質，使一物代一物，以隱喻或明喻來塑造象徵意
義，讓寫實的描述性文字蘊含著閃耀而豐富的暗示意味，從而開拓
了文學符號的原創空間。

未來不定，但生命仍得繼續
——小說的結局

> 香港的陷落成全了她。……成千上萬的人死去，成千上萬的
> 人痛苦著，跟著是驚天動地的大改革……流蘇並不覺得她在
> 歷史上的地位有什麼微妙之點。
> 到處都是傳奇，可不見得有這麼圓滿的收場。胡琴咿咿啞啞
> 拉著，在萬盞燈的夜晚，拉過來又拉過去，說不盡的蒼涼的
> 故事——不問也罷！
>
> ——張愛玲《傾城之戀》

　　故事的結局像一隻招喚著我們往前閱讀的手，面對小說這一文
類所可能留給讀者的無窮餘韻，我們有時也可以將故事的結局與文
章的結束語氣暫時分成兩個概念來欣賞。故事的結局固然提供讀者
整部敘事的終極答案，然而有時也可以故意不提供解答。像英國名
作家亨利・詹姆斯的作品就被視為現代小說開放式結局的先鋒。而
珍・奧斯汀的《諾桑覺寺》則有一段後設的旁白：「諸位一看面前
的故事只剩這麼幾頁了，就明白我們正在一起向著皆大歡喜的目標
邁進。」聰明的作家不必在尾聲中，將自己的敘事陷入有情人終成

眷屬後的婚姻細節裡，而是留下想像空間，使這一切在讀者的腦海中反覆低迴，於是結局便盡在不言中了。

語言文學類　PG0458

唯有書寫
——關於文學的小故事

作　　者/朱嘉雯
主　　編/蔡登山
攝　　影/施崇仁
封面攝影/陳保華
責任編輯/孫偉迪
圖文排版/鄭佳雯
封面設計/陳佩蓉

發 行 人/宋政坤
法律顧問/毛國樑　律師
印製出版/秀威資訊科技股份有限公司
　　　　　114台北市內湖區瑞光路76巷65號1樓
　　　　　電話：+886-2-2796-3638　傳真：+886-2-2796-1377
　　　　　http://www.showwe.com.tw
劃撥帳號/19563868　戶名：秀威資訊科技股份有限公司
　　　　　讀者服務信箱：service@showwe.com.tw
展售門市/國家書店（松江門市）
　　　　　104台北市中山區松江路209號1樓
　　　　　電話：+886-2-2518-0207　傳真：+886-2-2518-0778
網路訂購/秀威網路書店：http://www.bodbooks.tw
　　　　　國家網路書店：http://www.govbooks.com.tw
圖書經銷/紅螞蟻圖書有限公司
　　　　　114台北市內湖區舊宗路二段121巷28、32號4樓
　　　　　電話：+886-2-2795-3656　傳真：+886-2-2795-4100

2010年12月BOD一版
定價：260元

國家圖書館出版品預行編目

唯有書寫:關於文學的小故事 / 朱嘉雯作.
　-- 一版. -- 臺北市:秀威資訊科技, 2010.12
　　面; 公分. -- (語言文學類;PG0458)
　BOD版
　ISBN 978-986-221-657-6(平裝)

855　　　　　　　　　　　　　99020449

讀者回函卡

感謝您購買本書，為提升服務品質，請填妥以下資料，將讀者回函卡直接寄回或傳真本公司，收到您的寶貴意見後，我們會收藏記錄及檢討，謝謝！
如您需要了解本公司最新出版書目、購書優惠或企劃活動，歡迎您上網查詢或下載相關資料：http:// www.showwe.com.tw

您購買的書名：＿＿＿＿＿＿＿＿＿＿＿＿＿＿＿＿＿＿＿＿＿＿

出生日期：＿＿＿＿＿年＿＿＿＿＿月＿＿＿＿＿日

學歷：□高中 (含) 以下　　□大專　　□研究所 (含) 以上

職業：□製造業　□金融業　□資訊業　□軍警　□傳播業　□自由業
　　　□服務業　□公務員　□教職　　□學生　□家管　　□其它＿＿＿

購書地點：□網路書店　□實體書店　□書展　□郵購　□贈閱　□其他

您從何得知本書的消息？

　　□網路書店　□實體書店　□網路搜尋　□電子報　□書訊　□雜誌

　　□傳播媒體　□親友推薦　□網站推薦　□部落格　□其他＿＿＿＿＿＿

您對本書的評價：(請填代號　1.非常滿意　2.滿意　3.尚可　4.再改進)

　　封面設計＿＿＿　版面編排＿＿＿　內容＿＿＿　文／譯筆＿＿＿　價格＿＿＿

讀完書後您覺得：

　　□很有收穫　□有收穫　□收穫不多　□沒收穫

對我們的建議：＿＿＿＿＿＿＿＿＿＿＿＿＿＿＿＿＿＿＿＿＿＿

＿＿＿＿＿＿＿＿＿＿＿＿＿＿＿＿＿＿＿＿＿＿＿＿＿＿＿＿＿＿

＿＿＿＿＿＿＿＿＿＿＿＿＿＿＿＿＿＿＿＿＿＿＿＿＿＿＿＿＿＿

＿＿＿＿＿＿＿＿＿＿＿＿＿＿＿＿＿＿＿＿＿＿＿＿＿＿＿＿＿＿

11466
台北市內湖區瑞光路 76 巷 65 號 1 樓

秀威資訊科技股份有限公司 收

BOD 數位出版事業部

....

（請沿線對折寄回，謝謝！）

姓　　名：_____　年齡：_____　性別：□女　□男

郵遞區號：□□□□□

地　　址：_____

聯絡電話：(日) _____ (夜) _____

E-mail：_____